胡淑雯

楊凱麟

潘怡帆

駱以軍

陳雪

童偉格

顏忠賢

黃崇凱

Z

字母會

零

L'abécédaire
de la littérature

Z comme Zéro

目次

L'abécédaire de la littérature: Z comme Zéro

Z如同「零」

楊凱麟

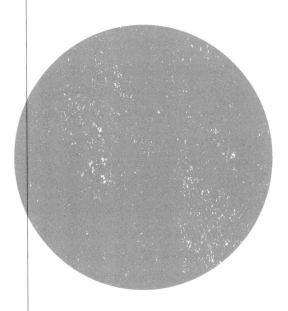

零

~~*L'abécédaire de la littérature*~~
~~*Z comme Zéro*~~

零。空無，但不是沒有，也毫不欠缺與匱乏，因為潛能即將由此實際化為事件，差異即將再度以強度述說，但在這個入口或起點之前，在開始的開始之際，一切歸零。

零，意味重置與抹除，不再是既有歷史的漸進發展或轉型，不是進步、傳承或模仿，而是斷裂與更新，見證著將臨的未來，帶有革命的氣息。每一件作品都標定著書寫的零，置身於文學門檻的零度與此零度的強勢重複，成為尚未降臨之物的芽。文學書寫總是不斷抹除文學已說之物，「謀殺」所有的書並因此弔詭地迫近文學本身。

作品內建著書寫的零度標定，從強度＝0之處開始的全新時空。強度量的增加來自創造，一切差異都透過正值被述說，也都因述說而被再次肯定，不存在「負強度」，在零之下無強度無創造無差異，零度書寫就是對差異的正面肯定，一切從零起算，由書寫的殘酷基底起算，文學空間由多樣的（正）強度所占領。書寫總是必須重新劃定這個零度，因為文學僅由此展開，甚至只為了抵達這個必要的零度，觸探重新歸零的可能。

書寫以便追尋書寫的零度，以遠離來接近，以逃逸來進場，以流變為他者來自我倍增，歸零，以便重獲作品的入口（而非終點），將一切抹除，棄絕所有陳套（cliché），因為創新的作品不存在於既成歷史與經驗的慣性之中，不可預先指派與定位。化為零的書寫，但卻是為了能有更多的流變與差異。書寫不一定能重返零度，但不書寫則注定只能自滿於既有建制與史觀的陳套之中。

普魯斯特便是零度書寫的例子。他先是將世俗生活抹除歸零（退返於著名的「普魯斯特的房間」裡），寫成的小說亦非先前生命經驗的回憶或再現，小說裡再次重演的仍是「做作品」的生命準備，主角最後決心開始創作，小說卻在此結束，小說成為「做作品的計畫」，寫小說只是追尋作品入口的一再重複與準備，以兩千頁的奢華篇幅鋪展了巨大尺度的小說以便抵達書寫的零度，而真正的作品卻從未在小說中被給予，僅僅虛擬地隱匿於最後一字之後的空白，不可見亦無現實的存在。此重複與此零度本身似乎就是作品的唯一存有，存有＝零。然而，文學的真正積體便是零度的積累與自我重複。零，與在零之後的零。

羅蘭．巴特曾說文學同時背負著歷史的異化與夢想，既斷裂又重新降臨，既流變又自我重複……，這是與一切創作不可分離的「流變——革命」，書寫的零度是解放的預感，文學的時代總是由此重新揭開，零。

Z 零

童偉格

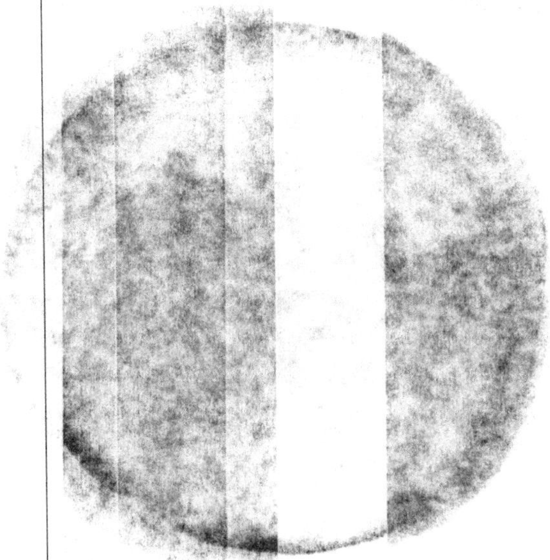

零

~~*L'abécédaire de la littérature*~~
~~*Z comme Zéro*~~

那個夏末某日，母親要他把一顆西瓜，送去臺北給他姊。這有點尷尬，不是因為臺北，或西瓜，而是因為從清明節那天起，姊姊和他就沒再對過話了。

他忘了，準確說來是從何時開始，他姊養成了一個習慣：一年到頭，但逢節日當天，他姊一定會在大清早聯絡到他，確定他會回去海角老家——即便，或正是因為姊姊自己無法返家。從前，他只是暗暗納悶著，猜想姊姊，是如何認知這樣一種「職責」的。今年，他嘗試溝通，因此問姊姊，可不可以別像鬧鐘那麼準，有點恐怖這樣。

然後姊姊就炸了。姊姊回了一則很長的「簡訊」罵他，大意是說：除了問你幾時回家，我也不知道還能跟你講什麼，你自己那麼難聊天，還敢說我像鬧鐘。

好喔。讀完訊息，他摸摸鼻子，跨上機車，往海角老家騎。

也不是不喜歡回家。在老家，他自己的書桌面東。隨他長個子，母親用磚頭，為他將書桌四角墊高，這使他錯覺，好像是書桌，令他視線變好了。坐在窗後，他必然見過兒時的阿明，手握零錢，跑出他堂哥家，到他面前，再從那道路迂迴沉下崖，一路快跑到大馬路邊的雜貨店。

像任何孩童那般開心。

那是一段五十公里長的濱海路，回家時，海在左側。一年四季，他這樣騎著。從前，他以為相對於夏天，冬天的海是單調的，因為不論晴雨，東北季風總會席捲海面，讓周遭灰濛而冷寂。

直到有一次，他讀了一本關於海洋生態的書，才明白自己弄錯了：其實，冬天的海絕不單調。寫那本書的學者，花了很長時間，記錄東北角的潮間帶裡，一個大約六十平方公尺大小的潮池生態。據學者觀察，潮池的時序，就是肇始於冬天——當東北季風「咆哮吹來，猛浪在岸旁激起千堆雪沫，此時藻類返巢」；此時，許多生物也會跟著到來。而只待風勢稍減，潮間帶就會展現「一如非洲草原那萬獸聚集的氣魄」。好是熱鬧。

想不到，海洋裡除了鯨魚和海豚以外，最聰明的，竟然就屬章魚了。在書裡，學者將章魚，描寫得好像貓，既好奇又孤僻。憑著超強的夜視力，牠在深夜獨自出巡，到處偷蚌殼，叼回來堆建成洞穴，藏身裡頭，鎮日無所事事，只張著晶亮的眼，對任何路過物事，伸出探問的手。

他有時，會將書攤在桌上，把書裡照片當作舷窗，想像裡頭，那麼多樣、色彩如此繽紛的生物，竟然都是追隨一個狂暴冬天而來的。默想一片由執拗寒風，一筆筆聚攏與勾勒出的明亮草原時，他會覺得四周確也暖和不少。

但當初到底為什麼，會去讀有關海洋生態的書，他有點記不得了。他也想不起來，自己為何讀了羅蘭．巴特，只依稀記得，好像正是因為巴特，才使他有辦法想像：人對智識與情感的饕餮，可以到什麼程度。例如，巴特花費近乎一生的時光，準備要創作一部小說，卻從未真正動手寫。

又例如，巴特發覺自己，注定是要喪失母親兩次的。第一次，是當母親過世時。第二次，則是當她遁回無可記憶那刻。

這是說：在母親故去後，巴特細細檢視了她留下的舊照片，一路追索，像倒轉時間，看見——這是中年時候的母親；這是結婚時；這是少女時代；這是仍然稚幼的她。直到最初：這是母親一生裡，被拍下的第一幀照片。此前再無了。於是乍然，母親就像再度消亡了一樣。在那第一次留影再更之前的母親，巴特深深憾恨著，自己竟然無法擁有。

這種憾恨，令他印象深刻。從此，每當看見胎兒超音波照片時，他總是立刻想起巴特。

巴特當然也不可能知道，他每次騎車回老家時，都會想起的事——其實，我們每具肉身裡，都寄生著同一位母親。

她，像沉睡的嬰靈，早在我們出生前十數萬年，就注定了，將會蜷浮在我們的粒線體內，只等待著再更久遠以後，當——比方說——在這座島上，當我們的鄉土再度陸沉；當我們，和那些早一步被送存於海角各座靈塔的陌生人骨殖，一同被未來考古學家給掘獲時，她，就將再次被喚醒，從顯微鏡裡證明：我們任一人，和舉世任何陌生人，都只有奈米等級的差異。

我們不外乎，都是她已消亡的後裔。

◆

一個理想的考古地層，最好要能含有：農作物種子，動物遺骨，各種杯碗碎片和建材殘塊。前面兩者，尤以來自陌異遠方的為佳，因為這能證明，已逝的這個文明，曾經具備與外界溝通的能力。

過去的一些年，彷彿是為了替大家，預備好這樣一個地層，海角山谷的母親們不分晴雨，天天在谷底一片荒地上勞動。那片荒地，主要曾是水稻田。後來，在為國廢耕的國際化年代裡，全域轉型為收容四方廢土的囤積場。後來，囤積場囤著囤著，囤出了一間小工廠，收容母親們之中許多人，勞動到退休。再後來，當工廠廠房也荒壞，在山雨浸潤下，只剩下屋架子時，母親們所組的游耕團，就回來接收現場，開始她們重新的種作。

可以想像：大概愛斯基摩人，在封固一切的冰原上鑿冰，也差不多就是這般景象。海角母親們，小心翼翼掘開、篩檢谷底表土層，讓塵歸塵，土歸土；瓦礫歸瓦礫，鋼筋水泥塊歸鋼筋水泥塊；直到那些曾游滿蝦蟹的昔日溝渠，重現在她們眼前。

接著，就是她們最歡樂的時刻了——依於某種近於常識的直覺，她們嘗試將四方收集而來的蔬果種子，在荒地各處復育。由此，可以期待：這整片谷底實驗場，將在十數萬年後，證明全島的文明，曾在島北海角熱鬧地遇合。

海角游耕團，來自農業時代，一條不成文法的穢土轉生：在島北，但遇農地主人——不論任何原因，當然主要是或死或離——經年無法種作時，鄰農即享有權力，去自由耕耘明顯已荒廢的田地。

只是，種作自然並非動漫忍術那樣，說成就成，汗都不必留一滴。海角母親們，也是在一季季修正錯誤後，才能集體承擔谷底實驗場，那樣偉大的計畫。以游耕團成員之一，他的母親為例——初始，她連作物需要夜暗這樣的道理，都弄不明白。她將葫蘆芽，定栽在道路旁、自家庭埕的崖下之地，正對著一盞天黑就放亮的路燈。

那路燈永晝，激得葫蘆芽徹夜生蔓，夢遊般奮力攀崖，爬到崖上的七里香圍籬，再爬上旁邊一棵大榕樹，葫蘆一顆顆，都在樹上結果了。一顆顆，皆比對面路燈高。

那時，他老家庭埕邊，好似長了棵活聖誕樹。自那時起，離家最近的那盞路燈，也如穿過農地的道路上，所有路燈般，注定，永遠沒有燈泡完好的時候。

像往昔的夜，被沿路夜襲的母親們，在山谷裡復育了一般。

◆

在島北，一片遍布山谷的梯田裡，有一塊不上不下的地頭。新婚不久的父親到來，用水泥鋪出方方正正的庭埕，居中，立起了正正方方的一間家屋。庭埕外邊，是兩面懸崖，那道路，就從一面崖的最高點，迂迴下沉，到另一面崖的最低點。崖與崖相遇的高端，斜長出一棵大榕樹。家屋座西朝東，很英勇地迎合日出與西曬。

那東南角的大榕樹鎮日晃呀晃，招來灼燒盛夏，與嚴冬的酷寒。

父親建屋，本意不在長居，他以為自己有餘裕，同時生養、並遷挪家庭到別處。父親意外故去後，那棵大榕樹且持續斜長，向外茁壯，憑自身重量、以入土深根扛起庭埕，帶它一同，預備墜崖。庭埕持續地裂，像另類年輪，逐歲浸月，緩慢侵蝕向家屋。

雨後乍晴伊時，群蟻自各處裂縫奔出，牠們令一切活物謙卑，接受世間所有，對牠們而言皆僅是過道。

直到更多年後，母親前去，削盡大榕樹繁然枝葉，獨留主幹，任它像尊低眉傾身的佛，對看無明路燈，只等待自己，再更漫長地原地枯朽。

他姊先他幾步離家，天天出外讀書。姊姊像外來者，攜回許多雜誌書籍。小學放學，家屋獨處的午後，潛入姊姊房間，去讀那些書刊，是他最大的娛樂。那本來絕無私密、或一絲猥瑣氛圍，對他而言，他只是喜歡認字。那後來，畢竟還是有了一點偷窺的感覺，主要因為距離感有些錯亂——他眼下獨自所讀，既來自陌異遠方，也近切地，純然來自姊姊一人的揀選。

譬如那日，他翻讀房間書架上的少女雜誌，偶然，瞥見卷首彩頁的讀者問卷調查，題目是「夢想的性愛地點」。據統計，第一名是「在樹上」。在樹上。

這對小學生他而言，訊息量一時有點太大了。他走出姊姊房間，出門，站庭埕上，看由近到遠，整山谷樹木在風裡蕩啊蕩的。

頓時，世界就像是被更新過了一般。

他也離家了，大學第一年，和姊姊在臺北租屋同住。那時，他才察覺，也許，時間早就停止作用在姊姊身上了。那是一種純粹形上的停滯，只因姊姊看來，就像一名中學生，周遭卻完全缺乏任何朋伴，或昔日的一點生活線索。

那個世紀末，全島一切彷彿皆在快跑，但他們最常做的一件事，是姊弟倆坐在租屋處裡，那空無傢俱的地板上，同對一臺二手天線型小電視，收看每晚的第二檔連續劇。每逢廣告時間，他姊就拿出一柄清潔滾輪，慢悠悠沾黏地上灰塵毛絮。每逢廣告結束，姊姊就再推著滾輪，爬回電視機前，半邊臉仍被髮梢遮蔽，看不出什麼表情。

於是說不定，被什麼給卡住了、失去時間意識的人，其實是那樣旁觀的他自己。起碼，在生命裡唯一一次世紀末，他只想躲起來耽讀夢話，而做為房仲新手，姊姊很認真應對各種現實細瑣。對她而言，時間具體是那片街區裡，那些舊房舍的電表位置、廚房磁磚間的陳年油垢，各處水道管線的堵塞情況。凡此種種。

時間是無數次的等待。但遇看屋客遲到，姊姊只好仍繼續候著。她細瘦身影不帶情緒，一身齊整制服，及頰直髮，兩手前握一疊資料，像罰站的學生。她再看看錶，再提醒自己，下一秒，就要果決地轉身走離。

清明節大清早，他抵達父親被埋葬的地方了。他發現墳墓光禿，壓墳紙各就方位，母親不知何時，已來祭掃過了。海風如常，他從濱海路底涵洞望海，望見沙灘光滑如一角鯨背。好像多年來，都是這般的相遇，或不見。他想起兩次期間，他都仍是個孩童，總被支開，去灘上看海；所以，他事實上沒能親眼看見，他們是怎麼埋了父親，復又將他掘出、撿骨之後，再葬一回。

海水沖刷下，沙灘現出光滑的外表，各種飽經淘洗的廢棄物，像一整個家庭的歡愉，在沙地上漸漸遺漏與冷卻。但那片沙灘自始至終，就只是一個天然的棄置場，活著的生物裡，只有無毛的流浪狗低頭經過。牠們之中，有的會因一時好奇，攀上濱海公路，終於橫死在馬路上。

或者像阿明，在多年以後一次返鄉時，騎著摩托車，在經過彎道時衝出護欄，跌入溫暖而深廣的海底，在下著大雨的海面上，恐怕沒能激起多少浪花。那幾天，海雨持續不停落下，馬路上燼餘的紙箔，結成深黑暗漬。但他們找不到阿明。

這樣又過了好久，裹著黃色便利雨衣的阿明，就自己爬回海面上了。

◆

他抵達庭埕，不見母親。整山谷空蕩蕩，他只看見他堂哥和阿明。透過墨鏡，堂哥遠望見他，對他喊道，今天全庄頭都沒人啦。

全庄人都坐上遊覽車，去南部進香，順便觀摩人家苗圃啦。

每隔一段時日，人子阿明就要返來，給父親送錢。

十數年前，父親因莫名眼疾失業、繼而離婚，再就只好獨自回鄉啃老了。兩老雙亡後，父親續啃親鄰至今。家屋原是祖母祖上的，彼時，祖父入贅而來，生下各子經議定，由父親獨承祖母宗祧。

於是，當異姓兄弟在外各自安生並進取，獨父親失業返家時，父親就一路向上，究責起祖母的列祖列宗。祖母將父親從小寵到大，只怪他身邊，母親帶衰敗家。母親和父親自相識吵到離，能怪的一概不輕饒。人子本人，基本上無話可說，只因自己是父母領養來的，疑似誤闖戰區。

阿明只好輟學當黑手，每月工資，一半分期付款，攤還養育費給母親；另一半應付自己生活，和父親不定期的索要。人子每回返家，就見父親手插褲袋，原鄉晃蕩，依舊其他衣著穿不慣，除非西裝和皮鞋。祖母家屋裡，諸般神佛都早被父親兄弟請離了，供桌上，僅剩微細的祖母一脈祖靈。

人子每回返家，就代父親去捻香默拜，像拜一個堪讓那脈祖靈，憨笑到源始那刻的美夢。

清明節，阿明獨自從谷底爬回。山谷底，有新起的幾架絲瓜棚，和海角母親們四下覆土、權做有機肥的廚餘。彼刻，廚餘正發酵，破土而出，那讓谷底聞起來如屍場。就是從那片腐質裡，長出了旋藤的棚架、扇葉與花朵。

就是在那片腐質上，他父親，正依游耕團去前所囑，暫時進化自己成蜜蜂，往來穿梭，將絲瓜藤間，雌花與雄花一一抓對，互相摩擦蕊心。

一枝草一點露，阿明這是要回家取水，給那隻蜜蜂喝。

阿明四望，山谷空蕩。人子生來螟蛉，對自己始源一無記憶，也沒誤陷過其他鄉土，卻從來知道，遍島此鄉無異別鄉，不外乎戰亂與流徙。時間之中，有一回，流徙而饑餓的他們，喝乾了一整條河。有一回，遍海岸漂滿他們未及埋葬的族親，彼時，他們竟可踏在那一切上頭，逐一登上彼岸群島。

背過一切人為的荒漠，第一次，他們才看見從未見識過的海洋。

乾渴的阿明，必然感覺自己，像要回去取一條河，給山谷將臨之夏裡，一切可能蔬果，與伴生的野蟲同飲。阿明看著自己的偽祖輩，最終一回熄火閉戶，舉家翻越磺山，草野間覓路，抵達此谷安家。隊伍先頭尋得的道路，一經最後一人踏過，即消失在漫漶荒草中，再無可回溯。

也許一生裡，人子都只好這般自我安慰：所有他在此谷被教導、應視為持恆常態的事理，實況看來，皆是僅止於一兩代人之間的事罷了。

每次離家，那五十公里長的海在右側。

那夏末豔陽晃閃、持續加溫的絕境，令他一路睜眼欲盲。

◆

但那真是他見過，最小的一顆西瓜了。可以說，那正是西瓜界的胎兒本身。

母親用上厚厚好幾層報紙，鄭重將它包妥，託付給他，畢竟，那是颱風過後，山谷實驗場零餘的倖存者之一。他遂在母親們復育的夜暗到來之前，再一次，從此地騎車遠行，沿途退轉自己，成為再無語言之人。

那刻，像是無數時間的遺緒，都被喚回這顆懸掛眼下的西瓜，每回胎動裡了。

但他心無所望，衷心只想洗心革面，做一名很能聊的人，溫暖而豁達，直抵他姊身邊。像姊姊，在好多年後，發現自己孩子，終於也會講廢話，也有些絕對實際的欲求時，這名新手母親，終於揚揚長長地放下心來——他不再薄脆如紙紮，需要時時提醒與擔憂了。

從今以後，就是兩名獲有時序的正常人了。

Z 零

陳雪

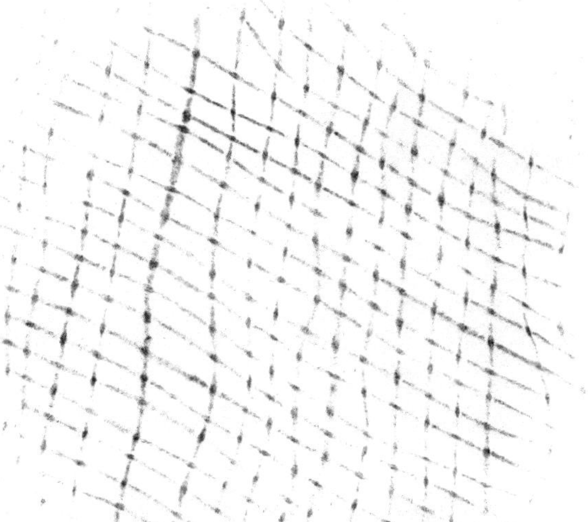

零

~~L'abécédaire de la littérature~~
~~Z comme Zéro~~

「昨天我真的暴怒！快被柬埔寨那個診所的業務氣死！」

「等等，妳說什麼柬埔寨？」

「我們最近在準備生小孩的事，精子出了問題。從美國精子公司郵寄到柬埔寨診所，他們卻說卡在海關問題不能收，又給退了回去，這一來一往精子就報銷了。」

「生小孩？妳們要生小孩？」

「人工生殖做小孩。已經籌備大半年了，到婦產科檢查、吃中藥調養身體，參加了幾次拉子媽媽的經驗分享，跟美國精子公司購買精子，找柬埔寨診所準備人工生殖，都算好時間準備請假了，現在精子報銷，氣死我也。」

那天她們一群好友相約唱歌，五小時唱完通體舒暢，續攤去吃晚餐，小孟提起了求子一事。她們是六人拉子好友，小孟跟格格，安東跟婉清，兩對Couple，另外是單身的Kay不分偏T，小金以前是婆但現在交男友卻拉味十足地瘋狂迷戀碧昂絲，六人皆無子女，年齡從三十到四十多，看起來都還有女孩氣息，她們討論著懷孕生子的言談，帶著科幻與夢幻感。

婉清比較早參與到小孟與格格這個懷孕計畫，她們交往五年，感情穩定，不久前去戶政事務所辦了「同志伴侶註記」，格格剛滿四十，一直想要孩子的她，曾交往過幾任男友幾任女友，認識小孟之前，剛經歷一段交往六年卻被劈腿、最後暴力作結的感情，那個T把她嚇壞了，格格本以為自己會因為死心跑去跟男人結婚，但幸好沒有，才遇見了小孟。格格發現自己還是喜歡跟女生在一起，但這樣一來，生小孩就變成非常艱難的「任務」。

「以前想的都是怎麼避孕，真沒想過懷孕有這麼複雜。」

「不就是精子與卵子的結合？找個出精的對象，解決。」

「不想隨便找，也不想找認識的。」

「大陸很流行『形婚』，跟男同志結婚，生小孩，包套的。」

「那樣後續可能會有爭奪小孩的問題。還是用精子銀行，比較單純。」

「我們先是考慮誰生的問題，雖然我比較年輕，但我覺得我生出來的小孩會有些問題，跟我一樣，很麻煩，我的基因就是沒那麼好。」

「我們的計畫是買美國精子銀行的精子，先用我的卵子，我來懷孕。我真的很想要一個自己的孩子。」

「還有別的方法嗎？」

「方法可多了，可以T卵P生，P卵T生，也可以TP各出一個卵子做成胚胎，看是要放進T或P的子宮裡，生出來一人一個。也有的人會輪流各生一個小孩，有些人還找代理孕母，什麼方式都有。」

「那麼怎麼受孕？」

「是我年紀大了，懷孕沒那麼容易，不然聽說有人就是拿注射筒把精液注進去，也能中，有些人會去診所請他們幫忙注射進子宮裡，機率會高一些。但這種體內合成，機率都在百分之十以下。」

「我看過電影裡有人在酒吧釣男人，直接一夜情求子。」

「偷精子了啊！」

「那保險套可要戳洞才行。」

「那就不保險了。」

「最穩的方法還是像不孕症夫妻那樣，去醫院做人工生殖，成功率有百分之五十。」

「年紀大啊，各方面條件還是差一點。要知道早就生了。但是以前沒遇到可以穩定到一起養孩子的對象。」

「妳們還年輕的先去把卵子凍起來，以後想生還有機會。」

「我還不想生孩子，但是對這件事有興趣，麻煩妳們說得仔細點。」

「在臺灣做就是不合法，真氣人，只能到國外去，去美國最妥當，但旅費手術費用等等一百萬跑不掉，很多大陸有錢拉子就是一對一對飛去做小孩，有的配套連綠卡都幫妳做。」

「本來聽說日本有，但現在也取消了，本來想可以去泰國做，上次去聽拉子媽媽分享經驗，才知道泰國現在也不行了，東南亞只剩下柬埔寨。」

「真沒想到去柬埔寨不是為了吳哥窟，竟是去生小孩？也真算離奇了。」

「主要還是預算的問題，去吳哥窟，不是，去柬埔寨做光是各項費用加起來，也要破五十，我們先得在臺灣的不孕症診所做前置檢查。但這一次柬埔寨光是運送精子都這麼恐怖，讓我們最後還是決定去美國做，錢的事就不管了，畢生積蓄都砸進去也要做。」

「光是這半年調理身體，吃自費中藥，也已經花了兩三萬，生小孩真是花錢。」

「那養小孩不是更花錢，妳們有想過嗎？這樣以後負擔會很大。」

「我爸媽就是這樣講，之前跟我爸媽討論，我妹第一個反對，妳知道他們都接受我跟格格的關係了，但提到生小孩，就是反對，說什麼妳們現在這樣生活不是很好嗎？生小孩負擔很重，以後妳們就沒辦法過著現在這麼好的生活八拉八拉八拉，以前他們錢賺很少的時候也是生下我們了，我媽還說，那妳們不是已經養了貓嗎？X！」

「我媽更怪，本來跟她說，她還蠻高興的，還說，不結婚有孩子也蠻好的，有小孩就有依靠了，這次我回老家再問她，她突然也反對了，說什麼我已經老了，也沒辦法幫妳帶小孩，以後妳會辛苦，還是現在這樣就好了。」

「經濟也是個問題。像妳們現在住五樓沒電梯，以後抱小孩爬上爬下的，很累人。」

「到時候會搬家。」

「即使困難這麼多，我們還是很想要有孩子。」

「精子怎麼挑選？」

「幸好小孟英文好，都是她在美國精子銀行網站上逐一地篩選，我們討論過很久，最後決定希望是有亞裔血統的，日本或華人都可以，網站上可以看捐贈者小時候的照片，有的真的好可愛，身高體重血型生日智商學歷喜好專長都列得清清楚楚的，看得人眼花撩亂。」

「所以妳們要生混血兒嗎？」

「算是啊，反正格格長得也像混血兒。」

「我們挑了很久，最後在兩個捐贈者之間猶豫，一個有一半日本血統，哈佛畢業，天秤座，個性活潑，現在從事音樂工作，我通常都會看網站工作人員對他們的描述，他們說他，長得非常好看。很少有這麼直接的描述。」

「我也看上另一個大眼睛的，長得跟我有點像，他是四分之一華人血統，小孩子的照片超級可愛，各方面條件也都很好，給妳們看他小時候的照片。」

「好難選擇，真的都好可愛。不一樣的可愛，難以抉擇。」

「對啊，我們超猶豫的。」

「但是日本那個是A型，大眼睛的那個是B型。」

「血型有什麼問題嗎？」

「我對B型真的沒辦法。」

「怎麼說？」

「妳們不覺得B型很散漫嗎？」

「我跟B型處得還不錯。」

「但是B型那個有花粉熱跟蕁麻疹。」

「所以還是選A型的。」

「想不到連血型都可以控制。」

「有些人還會篩性別呢！」

「聽說會生出雙胞胎。」

「別詛咒我們，生出兩個就麻煩了，真的會養不起。」

「那星座呢？」

「精子的星座看不出來。」

「但我們會避免生出處女座和巨蟹座寶寶。」

「如果九月去做的話，會生出雙子座的寶寶，妳們可以嗎？」
「牡羊跟雙子很容易做朋友，應該沒問題。」
「反正我就是不要處女座的。」
「當那麼多選擇在面前時，真的不免會想到很多問題，當時也會思考，這樣選擇精子是不是很條件論？但是後來想想，人們在擇偶的時候也是會考慮很多，只是外在行為看起來是戀愛，戀愛也是一種挑選行為。」
「生理本能都是在選擇配偶的時候已經先過濾條件了。」
「有些人就會覺得這樣選精子很現實，好像不自然，就會想要從認識的人找精子，但人工生殖本來就有不自然的地方，刻意找認識的人我覺得也是不自然。」
「但是有些人連胚胎都篩選，選性別，排除有基因缺陷，真的到時候要我選我會很痛苦。」
「過程知道大概是怎麼回事嗎？」

「大致知道，但是現在細節還不想去看。」

「牡羊座就是很逃避。」

「三十五歲那一整年我都處在一種好想懷孕的狀態，跟交往的人無關，也與性衝動不同，說不上來是一種什麼感覺，就是覺得體內有什麼呼喚著我，想懷孕，想生孩子，那時我真的有衝動想找個男人生個孩子，就是生孩子。」

「那現在還可以生啊！」

「衝動沒了。就那一年而已。」

「我知道那種感覺，我三十五歲時那個夏天慘爆了，剛剛結束悲慘的戀愛可是我好想生孩子，前男友要跟我復合我就跟他同居了，那時我沒地方去啊，做愛的時候我想到很多過去的事，跟男人做愛真簡單，就是簡單，要說快感也有快感，好像水龍頭打開就有水，如果不戴保險套，孩子就可以生出來，當異性戀就是這樣的事嗎？打開水龍頭就有自來水，可是我覺得我沒辦法愛他了，一切似乎都很好，我們分分合合多少次了，最後我還是會跑去交女朋友，但我覺得我們已經不是愛情了，我在他眼睛裡看到的是我們可以順利結合、理所當然地結婚，他覺得我是一個好的伴侶，也很適合當母親、妻子，跟我生活在一起應該也會很不錯，我看到的他也是如此，但人生好像就此定調，沒有其他可能了，那也會是我們最後一次復合，我三十五歲了，那次若不跟他結婚，我也過了適合生育的年齡。分開的時候，他很埋怨我，說我把他當成萬年備胎，說實話我到現在還是弄不懂自己，為什麼沒辦法跟他生個孩子，卻寧可現在這麼大費周章，千里迢迢要去做一個小孩。」

「那是愛啊！」

「可是精子的主人我不認識。我不可能去愛那個精子的主人。但我們每天晚上這樣在網站上瀏覽著各種精子提供者的資訊，一點也沒有詭異的感覺，我們在尋找最適合做出我們的寶寶的精子，重點是，那是我們的寶寶。」

「所以我們的愛不是建立在血緣之上，而是在一種更為深層的地方。比如明明是她的卵子跟一個陌生人的精子結合而成的孩子，但我知道我會愛她，最好是女孩，如果可以選擇我們都想要女孩，這是我們的孩子，即使我可以參與的部分不是在懷孕與血脈之上，但我與她們息息相關，我就是知道，我能夠去愛她們。」

「但我們還是想要選擇有開放精子訊息的方案，如果未來孩子長大想要尋親，可以透過一定的資訊找到她的兄弟姊妹，其實我們也無法確定孩子會怎麼看待『父親』這件事。」

「關於這點我們往後會一點一點跟她討論。」

「我倒是沒有想生孩子的衝動，但是做愛時會很強烈地感覺到想要讓對方有我的孩子，真的是很具體的感受，想要把自己的什麼噴灑到她的體內，雖然我也沒有那個。感覺卻像是全身都充滿了一股衝動，可以化身為億萬個精蟲。」

「那會不會是生物本能?想要傳宗接代?」

「那是占有慾吧！」

「不是，是更為抽象，難以言喻的一種感受，做愛的時候，感覺是全身心的投入與融合，想要與她更充分、更徹底的結合。」

「占有慾！」

「你不懂啦！那種明明沒有可是卻比真的擁有更為具體的存在。某種程度來說我覺得我是跨性別。」

「你是說屌，以及精子？」

「不是打開水龍頭就可以流出來那種。缺失的擁有，空無的存在。無即是有。」

「虛構的雄性？」

「不是虛構，是真實的，無法以具體的器官來衡量。」

「我好像也曾有過片段的感覺，但我也感覺到自己身上的母性。我應該是都有的那種。」

「所以攻受皆可？」

「你都只會想到性。」

「不換算成性我沒辦法瞭解啊。」

「比較麻煩的是我媽，她就是不知道該怎麼去看待這個孩子，她好不容易才接受了我們是伴侶的事，現在要她去想像一個孫子，但又跟我沒有血緣關係，她說她不知道該怎麼辦。」

「很多人收養孩子，也沒血緣啊，還是很愛。從感情方面去理解不行嗎？」

「我也是這樣跟他們講，他們現在還在震驚階段。」

「有些人就會覺得啊萬一以後要是分手了，不就什麼都沒有。」

「愛本來就是一種冒險啊，又不是在搞投資。」

「不知道其他拉子情侶怎麼處理分手後的問題。」

「上次報導那對T卵P生的拉子後來就分手了，孩子是在那個P的名下，結果她又交新女友了，那個T的處境比較難，變成要去看孩子要先約，領養的事現在也沒辦法處理。」

「還是要婚姻合法啦，還有撫養繼承權的問題。」

「好期待看到寶寶的出生。」

「被你們一說我也好想生寶寶。」

寶寶寶寶寶寶寶寶寶。

在嘩啦啦的談話裡她墮入往事的迷霧裡，是年二十五歲她想都沒想過生小孩但確實確實沒日沒夜性愛激烈如焚燒自己終於燒出胚胎一個，她恍惚想到換作此時價值半百可那時啊那時她不可能生育不可能撫養不可能結婚不可能的愛情繼續著只因為無法停止，說不定只是因為賀爾蒙作祟費洛蒙起乩因為男人總不愛保險套可是他們也不愛小孩到底用了沒用保險套自己也弄不清楚，平靜的吃食溫暖的餐桌人人談論著孩子的話題沒有男人無有父親我們依然可以生養嬰兒將之撫養成人，但那不是我我不可能過去現在未來都沒有，那年她施行人工流產手術墮了一個孩子她愛著不能分開也無法好好相處的男人她不能生下他的孩子，他永遠也搞不懂為什麼。施行手術那天醫生用超音波照著她的腹部指出那個小小的點就是這個看見了嗎其實沒看清楚只是小小一個點會動，醫生說確實懷孕了別看那只是小小一個幾乎看不見，那個黑點是生命。

為什麼過往每段戀愛都愛得那麼慘烈為什麼只是想要好好去愛卻變成從內在裡直接的核爆？她從沒想到自己可以順利活過四十歲，曾經瘋狂爆裂的生命已然靜靜如水但她回望過往，她曾經仰躺在手術臺上等待麻醉進行手術心裡卻深知她內心早已麻痺所以一次一次性愛無能甦醒也無法搖動所以再來更多更多性愛以證明相愛，手術臺的燈光刺得她發暈可是那個黑點如痣長在心上成為去除不了的斑痕至今猶存。她微笑著續聽朋友們交談準備生養製造一個孩子必須耗盡所有存款五十萬八十萬一百萬到底夠不夠能不能製造一個生命，但以前多麼容易輕易簡直像是抓娃娃把一個娃娃從身體裡抓走喝幾天生化湯喝幾盅雞湯彷彿不曾發生過任何事。

許多聲音在她身體裡響起。她想起了自己的子宮已在三年前摘除，生兒育女的話題在她身上已不適用，好奇怪的感覺腦子裡轟隆轟隆的靜不下來，有什麼刺痛她的記憶，是啊我已經是個不能生育的女人了。

戀人彷彿知道她心有所感似地握著她的手，方才說著無即是有的戀人，輕輕一握，將她拉回了現實，那些斷續的聲音安靜下來了，無即是有，沒有子宮又怎麼樣呢，重要的是妳活下來了。戀人彷彿這麼說著。

重要是妳活下來了，妳越過了死亡與瘋狂，穿透了疾病的糾纏，活到了現在。在他們的愛情裡，許多事都驗證著愛情最深濃時並不在那些粉身碎骨的激情裡，而是當所有夢想都破滅、當生命因為疾病、痛楚、災難、困頓被攔腰折斷，是戀人抓著她的手度過漲潮的海灘、度過風暴侵襲、度過厄夜夢魇。

不是男人或女人的問題，而是那時候你還沒有辦法好好理解自己，你還是個破碎的人不可能可以負擔另一個生命，你花費好久的時間才理解到這些，時至今日這番談話裡你才知道自己一直在意著那個失去的孩子，你要在心裡好好跟他或她告別。但願好友們可以生下她們想要的寶寶，但願你也把自己心裡那個破碎的孩子安葬，肚腹裡不存在的子宮孕育著不存在的女兒，在這段短不過幾秒、旁人難以察覺的回望裡，你感受著超音波上那個小小的點微微的起伏，那永遠缺失的，會長久存在，撲通，撲通，撲通。

沒有也存在。

Z 零

駱以軍

零

~~*L'abécédaire de la littérature*~~
~~*Z comme Zéro*~~

有一群年輕人開的讀書會，對我們字母會「B」的諸篇進行投票與討論。最後我得了零分。評語大約如下：

「……Liko一直覺得駱的幾篇字母會作品，就是《女兒》的前行本呀，規模更小，更若習作。簡而言之，大家的認知就是駱曾經很好很好，但在字母會沒有表現出強大的實力，顯得自我重複，所以才二度落馬。」

「……我對駱沒有太大的偏愛，倒是一直納悶著為何他對女性的描繪，總會讓我過分敏感地感到冒犯，比如這回，到社區大學教導小說創作課的男老師，他觀察起三、四十歲的女學生間的親密共感，隱然帶有嘲弄堪憐，對於訴說起被偷窺經驗，格格不入仿若炫耀的年輕女性，則予以垂憐與另眼看待。或許是我想多了？畢竟以人物設定，他會這般觀看很正常，我不能一口咬定其中必然存在著輕蔑，然正是這無法確認，帶出女性被批判的無力——不再年輕、被生活操勞而失去魅力的拘謹保守女性，與過分年輕而散發魅力的女學生，就這樣在男性的目光下，被擺置兩端，玩味觀察。這絕非故意的，但……」

我的眼睛盯著電腦螢幕，想：這是一群恰好很討厭我的讀者吧？太怪了？萬萬沒想到我的書寫琴弦，在編織綳緊並鎖上各個金屬絲的螺絲時，我洋溢著書寫的歡悅，結果給閱讀的某個人，某一群人，造成這種不快的印象。當時有個情緒爆衝，很想上去網頁上留言：「還好老兄你不是我二十歲初學小說時的小說課老師，這種解讀小說的方式，太可怕了。若我是在初學小說階段，遇到你做為我的小說的評審，給了這樣的判語，我應該就轉行了。」

當然不可能。因為真實裡，我是大這些讀書會年輕人二十甚至三十歲的小說前輩啊。但是真的得了個「零」分。

「零」意味著什麼？在某幾位讀者的討論，挪用借以討論的感覺語言、評論語言，經過大家投票，給予某篇作品零分。意即那篇作品在書寫時光，架備情節，驅動想像，賦予魔術，一個「經過手工藝，使之存在於某種活物的神祕流動」，瞬間被判死。取消了存在的任何一絲價值。因為「零」。

其實我自己從三十出頭吧，一路在各種校園文學獎、宗教文學獎、地方文學獎，隨年紀增長，慢慢坐進大型文學獎的評審桌，一路工作，也是判定哪些作品「平庸」，「假貨」，「技術不足以支撐細節」，將整批篩落，我曾為了某幾篇，與其他評審（之前常是有名的前輩作家）看法不同，與之激戰，調度我的文學理論之刀，現場斬殺對方，乃至之後頗後悔：「為了賺三千塊評審費，每次得罪一位前輩？」

那些被我三言兩語，投擲進淘汰區的作品之作者們，會不會恨我呢？或是創作剛入門，走進小說走廊沒多深入，就信心崩解，離場不寫了。

所以年紀愈大，銳氣愈減，在批評時，愈面面俱到，要否定時，一定輕描淡寫，但愈能提出任何一部（哪怕失敗之極的）作品，微光一閃的好處。

就是「不把零的圓圈封死」。

容我說說在夜闇無人，只有我自己坐在書房電腦前，內心被「零」激怒的澎湃獨白：「這些年輕孩子，我若二十多歲時，坐在他們中間，聽他們這樣討論文學，一定會站起身離開。因為他們所使用討論小說的方式（好像在討論），不正是

《庸見詞典》中典型的『庸見』嗎?太可怕了,這樣的讀者,十年、二十年後,是他們在討論大江、杜斯妥也夫斯基、波拉尼奧、卡夫卡、納博科夫,我無法想像這些『偽討論』會否亂贈零蛋?太可怕了。」

事實上,我自己的生命史,寫出一本你認為「對你自己非常重要的長篇」,通常在甫出版之際,得來的,並不是人們看到的那些榮耀、讚譽,出版社封底文案給予的什麼「十年魂魄之作」、「讓人心醉神馳的魔境」、「顛倒了小說地表的景觀」……等等,你會得到非常深沉、近乎不同武士淬鍊一生刀技,只在此刻要拚盡全力出刀,直戳你心臟,那樣的憎恨和殺意。這是怎麼回事?但真的是我寫作三十年來親身經歷。我也想不明白。

我發覺為何我會變得如此脆弱、易怒、憂鬱、容易對他人漫不經心的,頂多可視為不禮貌的,「多元聲音」,一瞬激得毛髮炸豎,但其實那些我或暫稱為「暗物質」的深沉傷害,早在我之前寫出的一本一本長篇小說,便伴隨、捲入、滲透進我的情感記憶。這些東西跟書寫無關,但卻是在每一本小說寫成之後,非常真實、慘烈的天文景觀——簡直就像太平洋海戰時期，美軍要登陸硫磺島、帛琉、瓜島、馬紹爾群島……，任何一座小島之前，用幾百艘軍艦的艦炮齊轟，派出上千駕次的轟炸機，傾倒下數萬噸的汽油燃燒彈、黃色炸藥，就是要將那麼小的小島山陵下，日軍控制的密密麻麻如蟻穴的坑道、山洞、迷宮戰壕，全部炸成焦土——這是我每一本長篇小說出版之後，真實受到的待遇。有位相交多年的老友，是位我尊敬的評論家，他還算有種武士的高貴，每次我出了長篇，他會有段時間突然和我切斷任何聯繫，後來我才理解，那是一種「斬殺好友之前的自我內心純淨儀式」，不為人世之雜駁友情混淆了出刀時的閃電、專注。等斬殺完之後，隔一段時日，我們又會恢復那種日常喇賽的老屁哥們的情誼。這個模式我理解之後，內心是尊敬的。但有些長輩、多年交情的同為創作者的，其眥目裂齒，近乎滅族之仇的，「對一部長篇小說的恨意」，那真是你沒經歷過不能想像。

我年輕時會想：為什麼？為什麼？為什麼？這就是人類從那不該傲慢、越界的「零度」之中，虛妄拉出一座空中閣樓、時間簡史、不存在的大冒險，所以必然會將物理學嚴格意義要反作用、反物質的，拉扯回去的那個「宇宙塌縮」的巨大力量嗎？

讓我抄一段書：

……一切都從一個難以想像的事件開始的：大霹靂，這是英國天文物理學家弗瑞德・霍伊爾一九五二年在英國國家廣播公司（BBC）的一個廣播節目中取的名字。宇宙是從單一的點爆發而產生，這個點的大小大概和一個原子差不多。我們所知的一切物質、能量、空間和時間，都以超乎想像的密度塞在這單一的點中。原本被緊密壓縮的空間如潮浪一般向外展開，直到今時今日，仍然帶著物質和能量向四面八方擴張，溫度也在持續下降。最初這股擴張的力量足以讓一千億個星系向外飛奔一百三十七億年，至今不曾停歇。

——《大歷史》辛西婭．史托克斯．布朗

這類的科普書很多，當然之後書中一定會說到：大霹靂發生之後不到一秒，現今我們所能在其中，那四種構成完美平衡的力：重力、電磁力、強核力、弱核力——科學家相信這四種力量必定是同一種力量的四個層面，只是至今未創造出一套統一的理論——在那一秒間已形成。如果這其中一種力，稍強或稍弱一點，就沒有所謂恆星，沒有質子和中子結合恰好形成氫和氦，沒有這個空蕩遼闊的宇宙，最重要的是，沒有時間！

所以，我們若是，有人要把現有的這一切，想像回到「零」的狀態，應該腦海中跑不掉「大霹靂」這幅物質性的史詩圖畫。有沒有神，「時間發明之前就擁有無限時間的那個創造者」，也一定是在這個千萬分之一秒之前，空無的一個，零點。科學家們相信，「憑人類的頭腦及推衍出的理論，永遠也無法解答這個問題」，有說是太初時期的宇宙可能是其他某個宇宙裡的一個黑——因為黑洞的故事，很像按了倒轉鍵的，因此順序顛倒的，太初宇宙的故事——物質、能量、空間、時間，從我們現在這個大爆炸後持續膨脹的大團泡沫，倒轉回去。於是可能我們現在這個無限遼闊的宇宙消失之後，會出現在其他地方。於是你一定會在任何一本科普書中，讀到，接下來所有人一定要提一筆「多重宇宙論」。

這種種關於大霹靂之後，種種天文景觀、螺旋星雲、橢圓星雲、紅巨星、白矮星、黑洞、超新星、發生在那麼巨大無垠的劇場上的爆炸、塌縮、噴灑、死亡、重生、光的芭蕾舞、重金屬的形成、星塵的漂流、閃電、整批密度波撞進原有的星系，讓其全部消失，無數的火爐熄滅而歸於冰冷……，這一切發生了一百多億年的景觀，其實任何創作都顯得無限渺小無謂，真的只需要做出觀測、描述，如能在有生之年，建造一座科博館，介紹宇宙生成之後的種種奇觀，物理學大實驗劇場，解釋那實在難以解釋的「弦理論」，多維度的數學公式或可能被我們的三維大腦解讀的比喻繪圖……，如何能去將腳趾踩進那條無有之溪流，這一切之前的那個「零」呢？

這個擴散故事的另一種版本，在坊間另一種科普書最常看見的情節，就是在地球生物的漫長演化，到了距今二十五萬年至十三萬年前，非洲的直立人終於突變成「智人」，也就是第一個因喉頭下降到喉嚨中間的位置，在鼻子後面和喉嚨頂端空出一個空間，成為音腔，出現了語言。以這樣優於所有其他人類物種的大腦和語言能力，開始向地中海東岸、歐洲、東南亞、印尼群島、澳洲、中亞、中國、西伯利亞、美洲……占據了全球各地。這些科普書告訴我們：我們是在所謂大災難之間的隙縫中生存，摸索出各種和環境適應的技術，包括禦寒、用火、漁獵、獵殺其他物種、滅掉尼安德塔人、克羅馬農人。

這個故事或可以粗疏地這樣說：在語言發明之前，一切的生物，其實是活在「零」度之中。所有的蠕蟲、海中魚群、蝴蝶、蜥蜴、烏龜、鳥、斑馬、鬣狗、獅子、長頸鹿，甚至狒狒……所有的動物在那幾百萬、幾千萬、幾億年間，努力地交配、覓食、演化，但就是因為「沒有語言」，所以它們全是活在一種「等語言出現，最後這一切都要被取消的感覺」的零度時間裡，語言使現代智人完全站上不同階級的絕對統治者地位，任意撲殺、吃、養殖、使之滅絕、做為博物館標本，沒有任何一種物種可能反抗這個用語言控制住「全部」的人種。

我們是在語言之後，又二十萬年後的存有。和那個大霹靂之前的「零」是什麼一樣，語言之前的「默片」是什麼，是同樣奇怪的提問。我們想要問「那之前」，或者有點近似「沒有時間流動這件事之前」，有一個發明，它出現後發生了劇烈改變、不可逆的各種變化、擴張、意義的累疊、喧囂和占領，將原有的靜謐取消。這種哀愁、鄉愁、失落的回頭追償，可以放在各種更準確的時光斷崖之前，譬如班雅明無限懷念的那個「發達資本主義」之前，萬物有靈光，有其教養與文明的細緻；草葉覆蔽、有燭火的光暈、每幅幻燈片上精微繪出女人身體臉部細節或家具陰影的時代；譬如隨著可怕的戰禍、黑死病、小冰河期造成饑荒之後，義大利北部的諸多城邦，突然無比懷念那個輝煌、自由、尚智、愛美的古希臘與古羅馬，原來嚴酷無想像力的上帝是伊娘的基督教會發明出來的；或者是，啊，那全部都被滅絕、消失、建在高山峻嶺上的阿茲特克人的城市廢址，活人祭、奇怪的灌溉系統、太陽曆，我任意抄一段描述，都美得像詩：

「阿茲特克人相信戰死的男人和分娩死亡的女人有資格在死後過著最風光的生活，他們相信死去的戰士會和太陽同行四年後，變成蜂鳥重返人間，因生產死亡的女人和太陽同行四年後，會變成女神回到凡間。其他人一旦死亡，將在完成四年之旅後抵達冥界，也就是祖先居住的虛空之地。途中可能輕鬆閒適，也可能恐怖萬端。」

或者你會抄到另外的段落：

「……加入蒙古貿易體系的歐洲人，換來肆虐全歐洲的黑死病。但同時，歐洲從蒙古貿易體系得到的好處亦非其他任何地區所能比擬。透過與中國的貿易往來，歐洲人得到他們在西元一五〇〇年之後稱霸全球所用的工具：印刷術、火器和航海儀器。紙張取代了羊皮紙，當時紙張已經發明，但和蒙古人通商之前，歐洲幾乎沒什麼人使用。經由採購和貿易，歐洲人改良了鼓風爐，有了新的木作工具、起重機和新的食物，如胡蘿蔔、蕪菁、歐防風和蕎麥。拜貿易的增加所賜，歐洲在一二五二年鑄造金幣，而且到了十四世紀中葉，義大利發明了複式記帳。這種記帳法首次實現了精確的損益計算……」

我記得，很多年前，那時我和妻子，兩歲的大兒子，剛出生幾個月的小兒子，住在鄉下那棟小小、破爛的房子，我剛出了一本小說，大約是寫我父親剛到中國大陸旅遊，意外小腦大出血，病危且躺在一間陌生城市的醫院，我和母親趕過去，耗了一個月，在各種光怪陸離的卡夫卡情境下，終於把癱瘓的父親運回臺灣。這本書出版的時候，我父親仍癱臥在床，我父母家被這個變故，可說經濟拖垮了。我自己住在這鄉下小屋的小家庭，也惶惶不可終日。有一天晚上，我接到一位長輩打來的電話，事實上他從不會打電話給我，而電話中的氣氛，我日後無數次回想，都有一種似乎他是特意穿了防風大衣，走出家門，到街口的便利超商外，打公用電話。那極簡短的內容，非常反差地夾帶著一種呵呵的笑聲。他說，他只是要告訴我，某某說，你的這本小說，是抄襲他的那本「╳╳╳╳」。他說，就這樣。然後斷了線。

年輕的我自然是震怒異常，我腦中極細節地比對，我和那位「某某」（他是當時極大咖的一位小說家）的那本「╳╳╳」，有什麼八竿子打不到一塊的屁關係啊？但很多年後回想，那麼地好像要採樣、找尋鑑證，想像有一個類似法庭的審判機關，進行真正「有沒有抄襲」的辯證，都是非常浪費心智的傻B行徑。當時並沒有如今這種網路之水渠密布到所有人的世界，若是今天，只要貼一篇文到臉書：「某某說我這本小說抄襲他的『╳╳╳』。」我想網民間自然會炸開，各種切面的比對、評判。但那時很像暗巷迷宮，這種嚴重的指控，在文學圈極核心的小圈子間耳語，打電話給我的長輩，或是善意，覺得我不該被蒙在鼓裡。但他並不是跳出來公開斥責某某這樣的亂栽贓行為，或是就公正地將兩本書比對，判定某某所指控之「抄襲」，有幾分成立？不，他是以一種類似告密者的貓爪輕輕踩過，無聲無息的方式，偷偷告訴我。我以一個創作者的尊嚴，自然和某某勢不兩立，但這位打電話給我的長輩，和他的妻子，卻和那位某某，仍保持著文學界美好的情誼。甚至在不久之後，他們安排了一次飯局，讓我和某某，「盡在不言中」，從頭到尾沒提，沒爭辯、質問：「我是哪一段，哪個結構，哪裡，抄襲了您的『╳╳╳╳』。」某某變成調皮男孩的模樣，和我打打鬧鬧，這件事只是大哥他一時想多了，好了沒事了，也有可能只是他們兩造的山頭之爭，我只是個小棋子。

　　但這樣的事之後不斷發生，可以說，我生命記憶中，每出一本長篇，就會有一次不同模式的，靜默在我自己內在的，密室裡的震爆、率然臨之的罪名，讓我驚駭莫名，欲辯忘言——事實上，我學習寫小說之初，完全沒有學習，如何在小說之外，小說寫完拋擲出去之後，替自己的作品、人格、敗德、惡行……辯解——有像黏膠炸彈黏附不去的，指我寫「私小說」，在各種場合，耳語、義憤的指證歷歷，我的私小說傷害了哪些哪些人，但奇妙的是，若你持續在時光中追蹤，這些當初義憤填膺，以道德指控我的「私小說」的這些前輩，後來的作品，全部可以算是「私小說」。

　　或有揭露、攻擊、耳語我妻子的憂鬱症，乃至瞎拚，其實確實造成我婚姻真實的破裂；或有莫須有的，我背叛了我的出版社老闆，在他仇家的雜誌發表文章（其實那是一個年輕作家，採訪我，然後以維妙維肖，我的筆觸，寫了一篇看似我的稿子，他的署名極小，而仇家雜誌放了很大一張他們資料庫中我的照片），好像我將因此被文壇除名……

這些在之後遇見，他們都是一臉貓咪的笑容，有嗎？我有那麼壞嗎？包括那位我尊敬的好友，在一次評論我的長篇的場合，提議我可以刪去二十萬字。乃至於我在下一部（很多年後了）長篇的校稿階段，某個吃了史蒂諾斯的夜裡，自己抓狂（也沒有任何邏輯），自己將出版社給的電子檔，自行刪去六萬字。

後來相遇，我開玩笑跟他提及此事，他也是雲淡風輕，詫異地說：「有嗎？有這麼嚴重嗎？」

我內心想：是的，有這麼嚴重。我人生全部精華的二十年，全部投注在寫小說這件事上面了。但每一部長篇以書的形式出現，我的身心記憶，全是正常人無法想像的攻擊、詆毀、抹臭、貶抑。那其實讓之前的書寫時光全部歸零。

它們只像掛在銀光閃閃蛛網上的蝴蝶、黃蜂、螳螂殘骸，不可能被回想，追憶，最初寫那些虛構故事，那些情節展開的，那些祕密或我自己覺得是神靈將至的美麗時刻了。長此以往，我的內在被摧毀，滿目瘡痍，一片炸彈轟炸過的廢墟瓦礫，花非常長時光重建之後，又被炸回廢墟。這種創痛非常人能想像。

現在讓我來談談「小說所逃逸的那個零點」，你們還忍心聽嗎？

關於零，我們所在的這個世界，不再有人去替阿茲特克人聲討，整個奇幻的天花大肆虐，將當時中南美洲七千萬人，下降到剩三百萬五十萬人。十六世紀中期到十九世紀，西班牙殖民者用武力強徵印第安土著開採波托西的銀礦，二．五萬噸有一．六萬噸運往西班牙。造成八百萬印地安礦工不堪虐待而死亡。所謂的墨西哥老鷹銀洋。那個原本極精密之灌溉系統、曆法、建築技術的阿茲特克文明，被稱為「神之城」，運河交錯、白色大廈、樓臺、宮殿、街道、金字塔廟壇、上百級臺階、人工島嶼，也有阿茲特克文字，鑄造壓印金器、寶石，音樂與詩，麻醉術、羽毛華服、公共廁所，但最後皆被殖民者破壞殆盡，成為一片荒土。那些掠奪者把太陽神廟，所有可見的金銀雕像、金銀樹、鳥，全投入熔爐變成金磚運回歐洲。他們的農地被摧毀，歷史被消滅，只因第一次相遇時，他們的國王蒙特祖馬二世以為那個西班牙流氓，是預言中的「白皮膚長鬍子神明」，傻傻將之迎入宮殿，而輕易被俘虜。

讓我再抄一下書：

「……在西班牙和葡萄牙人掌握所有優勢中，許多史學家一致認為，最大的關鍵是西班牙和葡萄牙人對於動物傳給人的疾病較有免疫力，如麻疹、天花、流行性感冒、白喉、腺鼠疫，以及來自熱帶非洲的瘧疾和黃熱病。美洲原住民不會接觸到家禽和家畜，從來沒遇過這些微生物，連抵抗的能力都沒有，於是一個接一個倒下，數量多到令人震驚。『哥倫布交換』所包含的天花傳染病，是人類有史以來最嚴重的兩次人口災難之一（另一次則是十四世紀大流行的黑死病）。從西元一四九二年至一六五〇年，因為一再爆發的傳染病而死的美洲原住民，可能多達百分之九十。在長驅直入的流行疾病攻擊下，原本高度發展的社會驟然瓦解，歐洲人遇到的印地安人，往往是身心受創的災後倖存者……」

以阿茲特克人來說，這就是零。

以那些痞子西班牙人，轉過身，將大批眼前轉瞬死亡的奴隸，挖鑿的銀礦，轉運回歐洲，那持續發展成後來的故事，我們現在置身其中的世界：包括後來德國人用科幻電影的方式屠殺的六百萬猶太人；上千萬人在史達林的種族滅絕行動中無聲的消失；日本人在中國、菲律賓、馬來西亞的屠殺；包括原子彈；包括比較靠近些的敘利亞內戰的種族屠殺，非洲的種族屠殺，緬甸的屠殺……。其實還包括我們現在像棉花糖在某種火燒烤的旋轉金屬小圓框中，奇怪的抽出蠶絲那樣細細的纖維，逐漸擴大，將我們包裹進去，故事中的人心、眼淚、呼喊、恐怖感、憐憫、雞皮疙瘩、神聖的感覺、失落的惆悵、大景幅如夢似幻的過去……，這些，我正在書寫的只是其中卑微之一的，小說。

就是說，阿茲特克人被壓扁成零，然後置換成現在我們覺得，夠了，夠了，無邊無際繁殖得太龐大密覆的，仍像無頭身體亂長的手指、乳頭、睪丸、肚臍的小說。

我曾經，和我的好友P君，去高雄的一間gay bar，我們在搭計程車去的路上，我問他：「這是那家店的入場密件嗎？」他說，不是的，這隻小熊，原屬於他們這一群好友中一位的，但他去年病逝了，後來這些友人聚會（他們一個月在這間gay bar聚一次，喝酒唱歌），一定帶著這隻小熊，代表那傢伙，它面前也放一杯啤酒，他們舉杯時，彷彿那友人也仍在他們之間。

我很想如攝影機回放那夜晚我眼中所見，在那包廂裡，P，P的前任小男友，一個叫小方（他長得很像某個高中的訓導主任），一個叫石頭（他長得像變矮的伍佰），小方和石頭是一對，但只有後來他倆上舞臺和音唱一首〈少年〉，你才感覺啊他們是一對愛侶。後來又來了一位叫「科長」的（穿著亮紅緊身運動服，很像桌球或自行車選手）。除了P的小男友，他們和我看去一般，都是中年大叔模樣，滿桌小碟小碟的鴨舌頭、滷鴨胗、切段的鴨翅，舉杯敬酒，抽菸，互虧，親愛的開玩笑，真的就像你在快炒店看到一桌軍中同梯老弟兄在快樂歡聚。並沒有我想像中gay bar的青春肉體如花的眼花撩亂，也會有些男公關輪著來坐檯勸酒，但真的和我之前去的那些酒店的公主，氣氛完全不同。這些公關來來去去，除了各自的綽號讓我記不起來，其實真的很像在pub喝酒，偶爾別桌半熟不熟的人，過來哈拉敬兩杯，即使會刻意說一些跟性器官有關的順口溜，但異男之間不也都如此嗎？後來來了個傢伙，P君告訴我那人是他前男友的現任男友，但好像大家的交情也非常好。一個長得很像補習班導師的公關，叫「南極」（長得真的並無姿色啊，或許是以我一個異男眼中的偏見想像吧），坐在我一旁的桌側，滿會打屁哈拉的，但我平時在哥們之間，不也是個很會打屁哈拉的人嗎？

他說（比了比另一個男公關叫「秀蓮」的）：「昨天一個女的，帶一個異男來，結果秀蓮跪下去幫那個異男吹，吹了十幾分鐘喔，那個女的在一旁看。」那人好像也並不驚慌，還捧場問：「真的假的！」「真的，但後來秀蓮站起來，說不玩了，吹那麼久，那異男還是軟的！」

眾人哈哈大笑。但和內容淫蕩不搭軋的，真的這空間沒有一絲我想像的「gay空氣」。還是一種南部兄弟間情義、直爽、兄弟義氣而非肉慾的流動。

後來來了一個比較靈活調皮的，大家叫他「老闆娘」，小眼睛，鵝蛋臉，戴著黑框眼鏡，很像廣告公司裡會遇見那種最聰明、腦筋動最快的、嘴最尖酸刻薄，但其實也不「娘」的傢伙。他一旁一個比較年輕的公關，像軍中班長，頭型和臉部線條很硬，但始終低頭玩手機，不太理人，偶而抬起頭用上眼梢瞄人。老闆娘打他大腿一下：「要死喔，到底破關沒啦。」總之我想，老闆娘的寬鬆和友愛，不像真的老闆娘，或也只是綽號。這時整個店放起生日快樂歌，較遠處一桌人站起替其中一人拍手，這時看見那桌上有個蠟燭細焰搏跳閃爍的蛋糕。老闆娘掩嘴說：「不大咖的客人，不然我哪不是跑過去跟著唱，『噯喲，大壽星生日快樂啊！』」然後他要三八地說：「播快一點啦。人家還要唱張惠妹吔。」確實這gay bar唯一和一般酒店不同之處，在於輪番上陣點歌唱歌之人，歌喉都驚人地美！有美聲高音，有磁性低嗓，全是比賽等級！這讓我很吃驚。

這些時候，我會感覺自己很無知。一種即使你到了五十歲，但那之前藏於腦中的前半閱歷，在比對新遇見的陌生情境時，其實永遠不夠調動，永遠在藉著有偏差的記憶，試圖微調，但其實也不會有年輕時茫然無措，戲劇性地讓別人感到突兀或被冒犯的犯錯了。

我總在說：不，我不是那樣的。不，不是你們認為的那樣。但我是怎樣的呢？或者說，我希望被理解成的那個我，是怎樣的一個形態呢？寫小說這件事，是在投擲一個什麼的那些「我」，是給什麼樣的一些人看，或是想像呢？譬如說，在那間gay bar，那個夜晚，我多希望他們喜歡我。就像是若在顛倒過來的宇宙，一個落單的gay在一群異男的酒桌之間，他們沒有任何「多出來的偽裝善意程式」，而真心的喜歡他。當你這樣想像的時候，其實是在吃gay、阿茲特克人、被屠殺的猶太人、二二八被撲殺之人、被滅族消失的高山族、被當街砍頭的小女孩、被大火焚身的義消……所有曾被侮辱被損害之人的豆腐。怎麼可能你踩著他們的殘骸、血水，吃著從他們以哀號交換過來的這個文明美食，又同時希望他們喜歡你呢？

這是最後一個字了，0，沒有意外，但我想這一趟書寫，到此刻，濛濛渾渾的在我內在，有一個像用「反空間刀」切割開的空洞，它和我們原初進行這個字母計畫，任一次途中，我想像的「終點」不同。事實上，我受到了這件事最後給予的「0」這個字的創傷，以我們之擅用譬喻，那像是遠程銀河飛行器的曲率引擎，在這個靜置實驗室中，螺旋葉面的鈦合金引擎噴射室，全部扭結燒毀成一坨的殘酷景觀。如果我們夢想一百年後的人們拿到我們這份不可思議的二十六個字書寫瘋狂計畫。我們曾在許多資料中留下「友愛」這兩個和小說似乎最遠的詞。那是字母會在書寫的六年我相信的一個很甜美的字。但我必須要在這最後一個字，我個人的最後這一篇，記下這段話：「我們失敗了。」我不知道發生了什麼事，但在這整個書寫的各種戲劇化、童話，最不該發生的事真的發生了。也許這是這整個發生在臺灣二十一世紀初的瘋狂書寫計畫，在最開始就是預示了這樣書寫後，在書寫背後，無所能傍依的無止境空無。也許宇宙離散的本質，最後就是所有的星體都燃燒殆盡，且無法觀測到我們現在覺得理所當然的漫天星空。這樣的幻覺以肉身的飛行，去佐證宇宙的巨闊同時持續兆倍於我們有限的時空計量——它是在遠離任何現有觀測的猜想。「太空艙」艙門打開後，這些曾參與計畫的太空人全死了。我們這些書寫者，包括倡議者，在這個書寫計畫結束後的人生，繼續書寫這件事，或應該更謙遜。不我不認為是對那些哲學詞條還能更謙遜，相反地我認為未來的哲學家們在撿起這份文件時，該對小說的書寫這件事更謙遜，更謙卑。我寫這段話內心充滿悲傷，但沒有怨懟，只是如實記下此刻真實的感受。

Z 零

顏忠賢

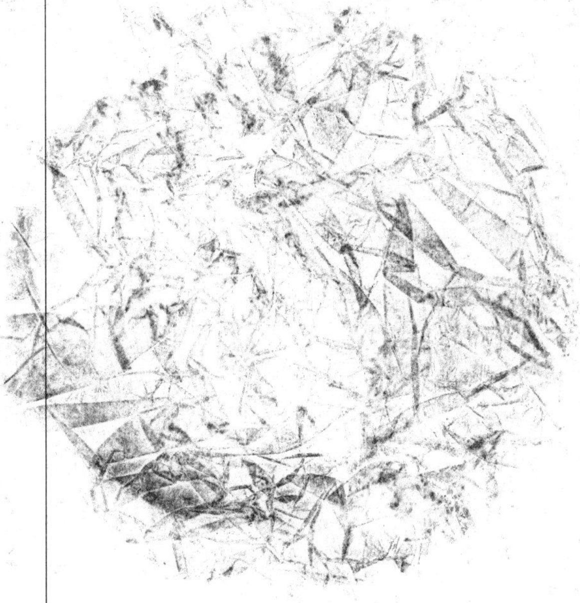

零

~~L'abécédaire de la littérature~~
~~Z comme Zéro~~

肛門……一如某種傾信人生可以重新開始般的低度理解或是潛伏封閉深入的破洞，肉身的邊緣，肉身的盡頭，肉身的零度……一如饑餓的狀態迴響出的最底層回聲。肛門的形與意都就是歸零的空洞的零。

或是一如某種打坐遁入冥想修行的內觀凝神專注才能深入肉身的洞口。肛門的控制與失控太過神經兮兮……多年來對於她的神經質，始終一如隱藏著某一點點宗教性態度所懷疑的質問：一如基督教的禁食禱告進入試探地干預，或是一如更龐大回教考驗信念多深多虔誠的齋月找尋遺失的隱憂般，甚至一如某種印度上師加持的歷史相信更神祕的神祇溼婆的能量來自大麻而不能吃任何食物……只能依賴水和大麻才能提升自己的苦行僧完全禁食時光枯瘦到不行的種種艱難……

她說……肛門，出事的心事重重的密閉空間入口……像是屬靈爭戰進入試探的無形內心戰場。在深入肉身底層過度控制而導致失去控制前更內在的聲音在內心深處莫名其妙地拉扯。

她說：一開始是不去想，不去相信，為什麼是我，因為不會看到神啟的全貌……完全是神的挑選。但是卻做不好，為什麼要是我，甚至，要我為什麼不給我能力。以前做的很好，但是為什麼我會生這種肛門的病，我老是跟神生氣而且已經生氣了很久，沒有出口也沒有出路……

肛門出事的史前史……一開始卻是……羞恥！壓力的根源，羞恥的史前史……或許只是像她小時候的病症……始終出事沒什麼藥醫……

多年後的她去大腸水療……才想起的太多往事，一如灌腸。但是要忍住不能一開始灌藥進入就開始拉肚子，藥效有限，要忍著好一段時間。她說她還常常還會想起那個奇怪水療的光景，一個人自己很長時間地躺在廁所。但是另外還有一個外國人也在。她努力地講英文解釋很多藥跟程序可是她都聽不懂……只一直聽到一個字是HOLD。忍住，因為沒有忍住太快拉出來所有的藥就沒有用，那很像小時候的經驗……拉肚子是一件非常丟臉的事情，但是甚至竟然還要有另外一個人在旁邊看你拉肚子，才是真正心理上過不去的那一關。也其實是另外一個等級的考驗……

那時光變得無限冗長，還就常常自己一個人躺在廁所裡的地上……很髒的又很冷的剝落死白磁磚上，像是一個死人一樣。這時候極端不快地沉入底層地心灰意冷……唯一還可以感覺到自己是活人的部分竟然反而是拉肚子這件事。

那活死人的拉肚子狀態竟然變成是她人生一個非常奇怪的領悟。小時候關於排泄物的厭惡謹慎小心的細節全部都回來了，甚至是刻意的要把這些細節全部再用另外一種自己也聽不懂的陌生狀態記錄下來，好像把自己的肉身當成是實驗的可憐模樣的端詳。內心的掙扎痛苦不堪的折損時光拉長的影子般的……自尊心逐漸遠離甚至消失……

如果依據完全進入的狀態，一層一層退掉的淨空，但是怎麼想太多的不可能：一個人也不太可能八天都沒吃。穿管進入腸子的時間不可能很長，管子不可能一直進去腸子蠕動的末端，不可能在會脹的感覺中還持續深入……太多太多的匪夷所思的細節：一如水療的前兩天會吃瀉藥。一如上廁所只能蹲著，但是也可以用一塊挖洞舊木板坐著。一如那個鬼地方因為太過原始到為了讓水療的水流進去，水袋還只能吊很高……高到像點滴架上懸吊的病床旁的光景。

一如入口的蜂蜜水和鳳梨水味道不對。因為沒冰箱，老像是壞掉了。一開始還會心中充滿懷疑：水乾淨嗎？但是更後來也竟然慢慢就習於那種壞水進入自己肉身……那是另一種更怪異的被侵入什麼的體會。一如因為有太多噴藥的瓶瓶罐罐，每天如果要離開住的房間兩個小時就要把那個放瓶瓶罐罐的小竹簍子的怪籃子帶著不免就像極了……愚蠢的村姑。

一如大腸水療自己舌下噴藥要持續很久。有六種藥劑六個瓶子有一個小籃子，噴在舌下噴起來沒有什麼感覺，不會苦，但卻是古怪的口感，像焦掉或酸掉的菜尾氣味的窘境。或許這種種噴藥……就像是苦不堪言的某種淺淺的逆差扭曲變形的怪異隱喻。不是草藥，不甜不膩不酸不辣，只還是有人工微調化學的刺激部分，殘餘始終不快口感的難過……

她說：一如無法逃離的噩夢現場，一如那水療中心的噩夢連連……肛門的主秀，所有人都在自已的房間，某種概念的閉關：自我懲戒……一開始是每天早上七點起來完全不能吃飯沒有吃東西兩個小時噴一次，八天七夜的更後來變愈來愈困難……尤其是禁食。隔天做一次水療。出現問題的太多太多分心的心事。一個人用了同個信念活了一生，要她釋出那一絲脆弱是很可怕的。一如沒冷氣的房間卻很冷清地汗如雨下地蒸發折騰地始終悶燒。但是因為天氣感覺好像回到小時候童年以前的狀態。空氣太沉。但是因為她太虛弱，不能吃東西就不太能動，就不會覺得很熱以為沒有冷氣會待不住，後來還好。那真的是一個刑房般的太過簡陋的房間，沒冷氣還好，但是沒有沖水馬桶，只有古怪的沖水。還甚至沒有肥皂，就不行。她手開始癢，後來全身都開始癢……

因為每一天要大腸水療，很多身體的負擔忍耐的掙扎改變的切換不明的細節……第一天空腹就吃瀉藥一直清腹內，那是一種太濃縮淨空心靈般的肉身冒險，不能吃東西本來只是一種任務的考察，後來卻更像一種內心深處更深入修行的可能。

一如第一次看到時完全不相信，為什麼是淺綠色，看到嚇一跳因為像是拉出自己一段腸子像大腸一樣。害她多年後的更後來看到大腸都不敢吃了，甚至是什麼都不敢吃。為什麼腸管般的那段排洩物是溼的還黏在大腸……因為那就是盡頭的人體殘餘的什麼：宿便。他們為了說明療程，還會刻意給一個篩子，讓自己看見自己的宿便，令人擔心的始終好奇。第一次看到量很多的宿便就像自己退化的殘體局部……破器官。

歸零的那破地方……回來之後她反而有點懷念那個破爛的鬼地方，跟別的旅行打尖的旅店完全不一樣，水療中心的鬼地方那麼緩慢模糊……那天空海上風浪也始終淺淺淡淡的狀態。其實那也竟然是以大麻知名的小島……大麻在島上每個小咖啡廳就買得到的奇幻。一呼麻就恍神狀態一如人生麻煩都歸零的烏托邦著稱的蘇美島。

那個鬼地方離海邊很近，雖然海天一色地絕美，但是卻只是一個小島……騎車四十分鐘可以繞島一圈。太過尋常簡陋的村落角落，太不起眼的破房子村屋末端的房間稀少的門口列柱前……或是像是一個陌生的旅館的大廳，柱列旁邊可以聽到海風。六點天黑之後就沒有人。晚上九點就完全無法理解地收了……那個地方的老建築是很舊傳統很像東南亞木製的茅草屋高腳屋，落地窗四面環海的風光和望雲的天光……

她說那個水療中心現在可能已然改變成完全不同的地方了。那個地方在那時候只還是剛開始……英文名字叫作綠洲，但是非常反諷地那麼奇怪的潦草場景只是落寞枯萎掉落地面的死蛹般地存在著……為她們這群活死人收屍的化外淨地……或許像是一個荒島人體臨床研究生化實驗室，或是甚至更神祕的大體解剖組織的刑房，也更可能只是託孤種種孤魂野鬼的野生祕教壇場……

廣場的露天走廊的盡頭，還有一個怪靜坐大廳。她說另一個令她印象深刻的體會是因為連洗澡都是露天的，洗的病人男的女的都有……但是彷彿沒有人害羞。或許因為去的病人年紀都比較大，有很多個五、六十歲歐美男人女人在那邊住了好久，她不知道她們來這鬼地方的原因。只是稀薄的寒暄。大堂內的交誼廳，海風吹拂像是一個非常特殊的道場，但是都沒有病人會在那邊待太久，或許是每個太虛弱的一如受刑的人們都在經歷深入內心某一場非常複雜的跟自己病肉身的無形肉搏戰……

甚至還有意外，一如她……第三天就開始胃痛，或許太過緊張。沒人拯救的絕望恐懼。老依賴著不明的求生的意志，缺乏更恐懼的孤注一擲般的空蕩。

胃痛去看醫生，找到的那個好心的當地老女人，其實也不知道她是不是一個醫生，還是一個巫醫，但是在那個地方又找不到人幫忙，奇怪的是，她竟然只是要她把手放在肚子上念咒……可以幫她治療，但是怎麼念咒還是沒有用。

那時候英文還不太好的她還很害羞，幸好遭遇雷同挫折困難種種奇怪的病人們老也還在現場一起胃痛或腸病或其他內臟痛或更其他不明的痛……每天晚上女巫醫仍然都有在大廳教打坐，雖然只有幾個人。她本來想去但是因為一開始有點害怕所以就沒有過去。後來有熱心的新加坡人和德國人兩個女生，才邀請她去一起靜坐，兩個人說法文，新加坡人跟她講中文跟德國人講法文，大家一起的時候才講英文……但是大多時間是沉默的，沒有語言，沒有說話。意外相遇的她們幾個人在水療虛弱無力的時光竟然還一起上打坐課。雖然她們自嘲隨時都很想逃離只是太無力逃離。

在打坐冥想的一路中間休息的時候有時聊天……那個精神萎靡永遠無法理解為何氣虛體質要死不活的新加坡中年女人跟她說：「小時候太怪的我的肛門也像一種怪病般的……從嬰兒時期，這個問題就一直困擾著我，祖母帶好像養不大的面黃肌瘦的小時候太虛弱的我看過很多次西醫，也都看不出一個究竟，嚴格說起來就是很多天都無法大便的虛寒體弱的枯瘦女童。

我有記憶以來就常常看到水滴狀的浣腸布滿廚櫃的抽屜，祖母都是買一大盒十幾個，她也會帶我去看中醫，喝著很苦的中藥，期盼可以改變便祕的體質，我很怕苦，記得小時候滿嘴蛀牙，就是喝完很苦的中藥，祖母就會給我一個口紅狀的糖果堵住我的嘴，只要吃西藥，我一定要搭配糖漿，通常祖母會多跟醫生要幾罐。每隔幾天，祖母就會帶我去裁縫車旁的尿壺，用完浣腸就會要我忍一分鐘，我十秒鐘都忍不住，但是漸漸地可以忍到一分鐘，因為不忍那麼久，就會大不乾淨，後來我都是自己使用浣腸，一個不滿五歲的孩子會用浣腸，對我來說好像算是種神奇的祕密技術，有點莫名的亢奮地神氣，但是那種祕術卻無人知曉又無奈到另一種幸福感末端的不幸……其實像染上毒品一樣迷，媽媽告訴祖母，浣腸用久，我可能無法自發性的排便，長大會很危險，逐漸的才減少使用次數，但是有時候太痛苦我會偷偷用，只要不用我幾乎都要在尿壺上耗半個小時以上，所以大便對我來說是一件怪異到極端的狀態……一種很痛苦但是又很神聖的事。

從小到大的宿疾般的公主病的惡兆出現的可怕……沒人敢惹我的人生是肛門的殊榮特異功能障礙般地發功……演練到上演的戲碼太大太怪的傳說般的哀愁又厄運纏身地每日永劫回歸地……一回家之後的大便我必然要有二個守則死守：第一，我會脫光衣服，完全無法理解為何地想淨身一如最入迷的齋戒焚香般地虔誠……第二，那個我家的樓層不能有人走動或聲響，彷彿神明或惡鬼出巡繞境而必然要迴避騰空，每當我說要大便，媽媽就會自己迴避閃躲到另外樓層的像閉鎖狀態，屏息凝神，辟邪靈異的死寂鬼域……直到我結束為止。那種清場的空空盪盪的氣息令我感到開心也傷心……就像是病態的變態所意味空間差加時間差狀態的重置與抹除。彷彿我的肛門的黑洞打開來漫延到我的家門……老家的透天厝那一樓瞬間被惡魔附身進入了著魔的狀態，化為不明結界，不再是日常生活的尋常時光，而切換模式啟動地撞入了斷裂見證著將臨的未來的莫名降靈的氣息……或許就是一種幸福黑洞的形成，在那例外的時空吞噬唯一的絕望的我！」

那個好像遇到知音難尋地感動不已的德國老女人說：「我的小時候，也始終無法理解地隱藏著的無人知曉的那一個嗜好，肛門口的荒謬劇場演出遊行示威般的存在感，更祕密地入戲太深無法自拔地……大便與看大便，獨幕劇式的華麗登場祕密地把玩大便……這太有趣到遇到困難或挫折就不曾放棄過地忍不住想拿出來炫耀。因為小時候的童年以前一直都沒有規律的大便，大多時間是偏宿便的便祕狀態，大學之後開始主宰自己的起床和早餐，漸漸發現以放鬆心情悠閒地吃早餐後，就會有所謂的幸福心靈感召，好像在跟外星人接觸，與ＥＴ手指頭相碰的瞬間地天人點化俗世的極限舒爽，完成吃早餐然後大便那一系列動作才會有那一日被開啟的感覺。有早上的課我就五點起床，然後細細感受我靜謐且緩慢的大便前奏，也因此發現在客廳配著指針滴答聲像是天啟發方言般悶雷或春雨絲絲地持續吟唱詠嘆……就在大廳的落地大窗前看日出是多麼美好，原來早上六點和五點之間光陰荏苒的光景可以差異折射光暈特效奇幻成那麼多風光，那一個小時大概是天空最精采打開虹膜辨識般迷幻的時光，但還是要看四季變換天光而定，又因此養成每天五點起床的生理時鐘，由衷的感激地像夢境尾端的神祕夢幻……就像不少人都會在沖馬桶前回眸看一眼自己的大便，像意外遇到困難的問題重重又揮之不去的夢魘般前夫或前情人的惡習噩夢連連……病態的我超愛，還有擦完時遺留在衛生紙上的那部分殘念般殘餘的什麼。我愛喝水又不愛吃外食，一吃外食大便就會走樣，所以排遺很容易在水中散成宇宙塵埃的模樣，變化莫測地變態，自詡其實是自憐自艾地近乎瘋狂地纏綿悱惻，條狀線狀塊狀球狀有時黏稠溼潤肥沃土壤狀有時膠狀凝露狀甚至稀如洪水肆虐……另外的如彩虹橋頭回望彩虹身的疲憊七彩顏色鮮豔形貌仍然無限詭異成形……土黃到芥末黃、帶鬚鬚的灰階駝色略帶草綠到深綠的、淺到深的咖啡色、有回出血還帶血的暗紅到鮮紅……甚至有次前一天吃了橘子跟木耳沒消化吸收就出現過某種亮色的銀河系邊緣掙扎著沉浸其中，也甚至又像土星上的暗淡無光土色帶金色礦石岩脈甚至浮現了極光爆發激烈閃爍光芒的極度危險地華麗奇觀。

這種觀察本來只是好奇或是好玩……但是也好像在證明前日的我是存在，並且有其生活軌跡的，透過排遺的蛛絲馬跡似乎能掌握到原來我有在確切活在人間的感覺，或許也就只是病態肉身太荒謬地悲慘而想找點樂子或找點自己的人生的盡頭種種畫面殘餘的病歷般的回憶。儘管也可能是排出一些末端殘遺廢物，冥紙燒完的灰燼般的某種妄想……唉！馬桶就是想不開的我的另一種冥想盆吧。」

巫師作法也做心理分析的混種冥想更多時光的……那靜坐老師安慰她們說：「我們都很怕丟臉，其實大便不是問題，大便的羞恥感才是問題，你知道這是最有名的兒童心理學的肛門期，小孩子會玩大便，甚至我一開始還常常陪小孩們或是病人們回到小孩時光一起好奇地像玩遊戲或玩玩具般地玩大便。

你們不會記得的譎異多端這段時期……充滿了好奇的怪現象，一個是口腔期進入肛門期，可是小孩吃大便就很麻煩，父母要小孩脫離肛門期，要讓小孩辨識大便是髒的，大便是有毒的，玩大便是羞恥的……所以小孩的肛門期一結束之後，就成人了……這就是所有人一生童年終止的那一天，可是小孩如何辨識跟理解大便涉及他的童年要怎麼過那關……」

她拿出一本精神分析理論的怪書上寫著一如療程的怪字眼：「在口腔期的充斥著悲觀、退縮、猜忌、苛求等負面的口腔性格；甚至在行為上表現出咬指甲、菸癮、酗酒、貪吃……之後的肛門期才顯得更特殊……肛門期約一歲半到三歲，焦慮焦點集中在肛門。在這一階段由於幼兒對糞便排泄時解除內急壓力所得到的快感經驗而對肛門特別感興趣甚至獲得滿足。因此，連佛洛依德都特別強調父母的兩難困境……小孩肛門的訓練不能過早也不能過晚。在這段時光的困難重重是父母為了養成小孩控制自己的肛門是無限循環的困境：因為如果訓練過嚴發生衝突會導致所謂的肛門性格：第一種困難重重是肛門排放型性格，一如表現為邋遢、浪費、無條理、放肆、凶暴……；另一種困難重重是肛門便祕型性格，如過分乾淨、過分注意條理和小節、固執、小氣、忍耐……兩種都會很困擾……」老巫師問肛門期好像始終無法理解為何沒有結束的她們：「妳們到底困擾自己從小就陷入困境的是那一種肛門性格？」

那個女巫師一再地跟她們說。輕聲地……用心想像用妳的肛門來修行……問題不是在肛門，而是在心……「把心拿走」。Take away your mind。打坐可以幫忙水療……歸零的狀態。

她說：那天我的狀況很不好，在做一個很難的打坐入定的練習定式吐息動作，她來幫我的時候，我太吃力了，跟她說，我出事太多，前一天晚上胃痛又太晚睡，所以很糟，那時候的巫師安慰我，用平靜而穩定的口吻像在解說一個打坐動作的細節，右手再往下，眼睛看前方，呼吸緩慢一點，那種尋常而簡單的撥點，沒有更特別的強調，叮嚀卻只像提醒或同情式的安撫。但是，對我而言。這其實是對幾乎那時打坐當下呼吸困難的巧妙而具體的明示，或甚至更奇特地……也是對這段時光我的所有人生太用力啟動所該停下來又停不下來的不安所做的……更切題的暗示：「把心拿走。」

「我活的世界沒有巫師這種人。」心情混亂極了的她說：那個打坐老巫師是那麼不一樣。她不只是客氣或從容或平易近人，主要是……我們看這個世界不可能像她那麼善意。她對這個世界那麼信賴，怎麼可能？或許，因為我活在的人間充滿了很愛為難自己的人……以前一直是也沒發現，而現在雖然好多了，但是還是常不免會忘記，還會想不開，還老會想到太多的充滿敵意的對這人間的理解及戒備。

巫師老是提醒她說：專注是動詞，覺悟是形容詞……專注是找到覺悟的必要條件，但是專注不是覺悟，專注可以刻意地用力，但是覺悟無法刻意也無法用力，那是一種狀態。那老巫師最後還交代她一種禪師般打禪機式的揭露又闔起地老說著覺悟一如水療中找尋肛門的空……這種狀態是一種多奢侈的人生啊！她常想到巫師，因為一想到她的話，自己可以比較平靜點，可以因為這樣而比較不害怕，比較覺得這人間值得活下去……像她那樣活。

「我也想像這樣開心又虛心地經歷這世界和這人生，用她這種聰明、這種誠懇，可以比較不一樣一點，比較不虛偽一點。」她說：「不然都會很想死……我受傷很多，太多了……所以沒辦法不虛偽，沒辦法不用力。太多天連續去打坐好幾個小時，入定更深。但月亮日停了一天，之後就完全不行了。」「現在，這人間沒有人對我有期待。只剩下巫師。」從小太認真的她說：「我都太憤世嫉俗。太覺得自己就是不可能得到自己想要的和想完成的高度，這人間太爛了，而我也就只是爛命一條……所有的事，所有的努力，也就是所有的期待……都不免在太多的灰心之後變得……太不值得。」

最後有個「空」的近乎人生歸零的怪感動……近乎哭泣的她說：「那老巫師來幫我調，因為有病人抱怨，有時候打坐沒調好，那整天就毀了……水療有時候出了錯就像打坐岔了氣，但我不會，巫師很好，面對她，雖然有時她說沒說清楚，但是，卻讓我發現自己的問題。我太想辯解、太好勝……為了補償我的心虛，我對自己的人生太過度的期待，相對的永遠都太沒成就的心虛。所以，要用一種完全不用力的方式來用力。她甚至自己也沒覺得她在用力或不用力，就只是自然而然地……陷入某種不明狀態地『空』在那裡。」

她老埋怨：「我不知不覺中老覺得我是用要把敵人殲滅的情緒去打坐，所以很用力很緊張。」那女巫師說：「你試試做水療就像打坐的時候，就像是我只是陪著做，不要用力、不要期待……就沒有怨恨和對抗。一如你們每個人動機都不一樣，每天或是每回打坐，甚至每個入定的吐納之間動作姿勢到每個呼吸都不一樣，每一個剎那都不一樣……所以，上課所有我說過的話不要記得，不要做筆記，不要寫下……」更後來還很難想像地半笑半嘆了一口氣說：「要你們不用力反而更用力……」她說：「但，其實更慘，甚至就叫我完全不要用心……」

然而，更久以後離開之前的她卻只記得那巫師最後說的那一句：「把心拿走。」

「我的心好像永遠拿不走甚至拿不到……」像最後一天打坐始終還看見小時候的妄想的她對巫師說：「一如那個打坐冥想時出現的問題重重的幻境……某種大便的異象……在考場。就在妄想有點像夢又不太像夢的怪異幻境中，我遲到了。在某個破舊的小學裡匆匆忙忙地找教室。後來才發現在另一棟更破的老建築物裡，換樓梯還仍然在極端幽黑又迂迴曲折的廊道死命地跑，心想，完了！完了！

迷路了好久，在看起來都一樣的每一樓的迷宮般樓層死命地跑，在每一個雷同的轉彎死角中再轉彎，但是始終又跑回原來的樓梯口，汗流浹背地跑，覺得這回死定了。最後，終於找到了那考場，鬆了一口氣，全身虛脫無力，倒在教室門口，才發現還有也剛剛衝進教室的他們和我一樣都非常懊惱但又非常慶幸自己終於趕上了。

但是，真正的災難還在後頭，因為那場考的是我從小就非常怕的英文。出題老師是那教會學校著名的惡魔，極端狡猾世故又尖酸刻薄，而且老是在講一些很難的和英文沒關係的怪事，兩次世界大戰的開始和結果對全球化的未來衝擊，聖嬰現象從中世紀就發生到現在只是沒人發現過，南極和北極的極光的不同光澤及其運行狀態，世界末日的成住壞空預言的必然性。每次上他的課都像是我們的末日來臨般地極痛苦而心驚肉跳地慌亂。

但是，這回考試更慘烈，因為，他早就放話，這次他要整死我們，因為所有的座位和考卷都是放在不確定地方，要自己去找自己的名字，就像一種機關，而且，雖然是放在那種老式木製課桌椅上，但是奇怪的是每張題目都只為某一個人訂，每個人都不一樣。那英文的題目太難，還好像包含了種種牽涉到物理，天文，數學的字眼，算式，定理的驗證之類的困難，甚至，是計算題要算出弧形曲率或不同矩陣的方程式解法的計算。

後來，我找到座位坐上去，才更發現，每張考卷的紙上頭還有更多的玄機，好幾道用細砂鋪成的線條，小石頭布陣般地排成好幾種星圖，還有鏽蝕小鐵釘就釘在木頭課桌椅面上尾端綁著好幾條泛黃潮溼的白棉線，好像是要用這種文藝復興早期透視法發明初期的畫法，來找尋消點和透視線角度歪斜的關係，但是，在那夢般的妄想中，我還只是小學生……心裡想著，這是什麼鬼東西啊，我完全不會，沒教過，甚至完全看不懂。

甚至，最後仔細看，考卷上的細砂和棉線之間，竟然有一個怪人……一個人形個子極小到只有指甲大小的穿長袍的先知神人。那個人正在對我表演吃自己的大便……一種神糞。他說他一天二十四小時都隨時會吃，而且還客氣有禮貌地問候我，堅持要請我或別的考生吃他的神糞。天啊！那時我才發現，好像每個人的考卷上都有祂，每一個祂都用了很怪異蛇形雕花繁複古銀器餐盤來裝盛那些祂肛門口的濁黃和深赭的扭曲變形也一如蛇形條狀糾纏的神糞。

一如神的應許恩典，見證縮影神人的……肛門，其出事的心事重重的密閉空間入口……一如祂是進入試探的我無形內心在深入肉身更內在的聲音在內心深處地莫名看到神啟的全貌……完全是神的挑選。身著全身雪白長袍而笑容可掬的祂很熱情地對考場上緊張兮兮但又完全不解的每個考生解釋，祂這樣子做是為了保護人間的未來的破洞，因為每一個人如果可以這樣子完全靠祂的肛門活下去，那麼這個爛人間就有救了。但是，要吃多少神糞可真是更困難重重的領受神的神祕恩典的領悟，因為每個人就要感受自己一生肉身的盡頭般的未來可能發生的破洞大小，用心地感受神啟看起來像天譴降臨但是卻完全是意外的應許恩寵……用心愈多才能愈發領悟！」

Z 零

胡淑雯

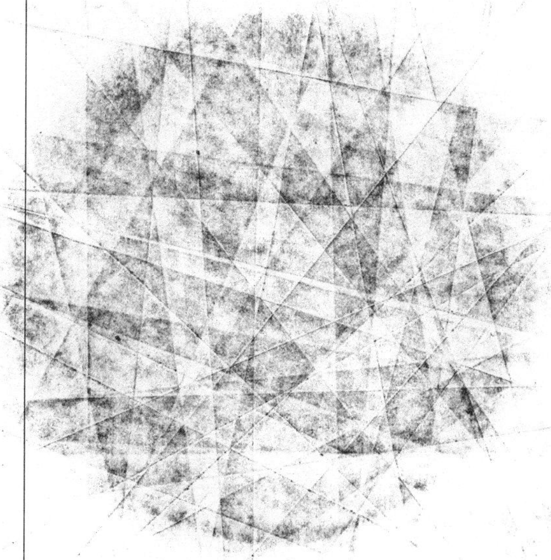

零

~~L'abécédaire de la littérature~~
~~Z comme Zéro~~

一個多月前，睡眠中斷的我自模糊的夢中醒來，眨著眼睛，對著天花板發愣。我舔著天花板上沁薄如水的月光，忽而記起一個名字。這個人離我的世界已經很遠，很遠了。我指的並不是空間上的遙遠，而是一種時間性的遠逝。自小學畢業以後，我就再也不曾遇見這個人了。我沒想到自己竟然記得這個名字。

失眠的人對時間是最敏感的，簡直到了錙銖必較的程度，焦慮地估算自己到底睡了多久，不信任自己的理智，也不信任自己的身體，卻不願滑開手機檢查鐘點，再怎麼微弱的光害也能驅走稀疏的睡意。我望著厚厚的窗簾，觀察絨布纖維的明暗，企盼透進來的只是一片濃郁的黑，倘若離天亮還遠著，就可以繼續睡了。但透進來的總是光，可疑的光。未竟的夜，未遂的清晨，這種不三不四的天亮最折磨人了，醒不出來也睡不進去，過不了多久我就必須提著腫脹空洞而沉重混濁的腦袋起身刷牙，洗臉，穿上制服，梳理頭髮，咬著餐桌上等了一夜的麵包，步行到五百公尺外的公車站，搭車上學去了。

昔日的站牌還在原位，但站名已更換多年，幼時的那間「廣慈博愛院」早就拆了，而我已搬離老家。那個人還活著嗎？假如他還沒化作鬼，那就是成精了。畢竟，在我還只是一個小學生的時候，他看上去已經像個老人了。今夜，他穿越曖昧不定的夢境，一五一十找上我，穿過時間的濃霧，翻山越嶺而來，依舊是那副老樣子，沒有更老一點，也沒有更抽象一點：那貼合顱骨的，縝密的髮型，嘴唇隆起的角度，說話時眼皮下隱約的抽搐感。好清楚的一張臉啊，那不是夢裡的人該有的樣子。假如你真心掛念一個人，那個人會變成一團謎，化身為各種意想不到的樣子或「沒有樣子」，襲捲任何可能的符號與意象而來，讓困惑隨思念與遺忘一併加深。假如你一點也不在乎那個人，他反而必須老老實實的，以寫實主義的文法現身，方便你指認出來。你以為自己早就忘了，然而終究，童年是不會忘記你的。那個人連名帶姓找上我，深怕我認不出似的。

那好吧，既然這樣，我只能丟下失眠的沮喪，恍惚中幾乎夾帶一絲興奮，起身摸了紙筆，寫下那個名字。他的名字當中，含了一個「遠」字。那是一個玉樹臨風，正派大氣，標準的好名好姓。

那年秋天我將滿十一歲，剛上小學五年級，每天搭公車上下學。有一天，他出現在下午四點半的公車站牌，與我同路，搭上了同一班車。他是隔壁的班導師，教的是國語，瘦瘦高高，穿著一身工整的好衣服，他不曾教過我們班，但學生總是認得老師的，而老師可以憑著制服，在任何一個地方認出自己的學生，所以，當他在公車上與我攀談起來，一切都很自然。此後，老師天天出現，我自然以為他的住處也在同一條線上。當他伸手觸摸我的時候，我並不感到奇怪。彷彿已經有了心理準備，我知道他遲早會這樣做。四、五歲的時候，住在博愛院的單身老兵做過，小學三年級的時候，美術老師在地下室也做過，他們的方法，手感與氣息都差不多，身上噴得香香的，以為氣味可以遮掩精神的汙垢，讓下流的變得高級。一概謹小慎微，缺乏想像力，也幸而因此，沒什麼暴力可言。倘若要遵循當前「政治正確」的理路，我應該感到恐懼，憤怒，但我實在沒有那種感受。我十一歲，不懂「創傷」兩字怎麼寫，這字眼對我來說未免力道過重，言過其實。另一種政治正確的理路又勸誡我，你最好覺得這根本沒什麼，被陌生男人摸幾下根本不算個事兒。偏偏我也不同意，不同意這叫做「本來無事」。兩種正確都說你說了算，偏偏你說了並不算，規定你最好這樣感覺或應該那樣感受。偏偏我不那樣感受，無法依約依規定感受。在「主義」的昂揚面前，身體依舊帶著自己的議程，自己的祕辛。

那個十一歲的我，對老師的舉措並不感到意外，也不感到驚恐。甚至可以說，我等的就是這一刻：一旦你起手犯規，我就知道怎麼辦了。我是這樣學習並理解「一旦」這個詞的：當即將成為現在，已經發生的總算發生了。與其鬼鬼祟祟曖昧不定賴在我身邊，一直跟我講話，要我聽你講話，還不如閉上嘴巴，把你要的拿去吧。唯有這樣，我才可以起身離開老師身旁的座席，回到我自己。過去那幾天，放學的車程對我來說簡直就是疲勞轟炸，老師大手大腳貼在我身旁，東扯西扯高談闊論，霸占我的注意力，剝奪我發呆的時間，要我聽他說故事，講道理，這比看流浪漢脫褲子更令人厭煩。在路邊脫褲子的笨蛋是簡單的，你或許會掩面驚叫一聲，卻不需要繼續理會，你可以叫大人趕他，報警抓他，假如心情好的話，也可以心軟放過他，任他自生自滅日曬雨淋自行腐爛。反而，像老師這種斯文狡猾的聰明人，是你身為小販的老實父母打不贏的。他知道遊戲規則，更知道，規則是為漏洞存在的。他會用綿延不絕的話語覆蓋他的慾望，對我演說他綿延不絕的一生，興高采烈地揮動手掌，不小心掠過我的手臂我的頸子，「哎呀妳的手好冰啊，像玉一樣。衣服穿得夠不夠？」然後貼心握住我的手，繼續將話題包裝成一盒禮物，裡面裝著精巧的苦難，與光采琳琅的夢想，以溫柔的勸世姿態，強迫你接受他的教誨。老師有教育的責任，而學生有受教的義務，直到圖窮匕現，直到他終於把慾望注入指尖伸向我。太好了，我總算可以繳回老師頒贈的乖寶寶卡，連同那滿嘴道理一一奉還：「你祖籍哪裡啊？」我本省人。「哪來的什麼本省人？臺灣話就是福建話，你的祖籍是福建，你是福建人。」還有，「你的名字不好聽，感覺沒什麼文化，要不要改個名？老師可以幫你。」

老師的鄉音很重，然而，這並不影響他身為國語老師的權威。正如同，你只要是個從美國來的白人，就有資格教英文。我的鄉音並不重，卻必須接受老師的矯正與治療，治療我的「不純」。身為一個不夠純，因「不純」而自備了瑕疵的人，我為自己日漸生成的自卑感到不滿，這自卑同樣不純，摻雜了身為兒童的我並不明瞭的憤怒。長大後我略略明白，天底下沒有任何一種自卑會是純粹的，它必然內建了對自卑的鄙棄，因為，每一種炮製自卑的尺度與規繩都帶著醜陋，帶著競爭的暴力，分類分階的暴力。我自卑，同時不服那自卑，這不純的自卑，令我時而感染了某種矛盾的念頭：老師這樣對我似乎也撫慰了我，說不定我長得特別好看，又或許，我是一個與眾不同的小孩。

按照劇本，老師應該送我東西，餅乾糖果巧克力或貼紙那一類，不怎麼花錢的小禮物，唯有如此，才能將我編織進某種類似交易的共謀之中，發展出餽贈或交換的友誼。換言之，掠奪的一方在狡猾之餘，也必須足夠大方，贈禮以為自保。但老師沒有這麼做，他的回饋僅止於言辭，他說我很漂亮，很可愛。真無聊，這種話我已經聽過了。

並不很久以前，公車上那個陌生男人就是這樣，將我困在末排座位靠窗的角落，一邊摸我一邊稱讚我。那天，我獨自搭車去醫院探望母親，爸爸說，媽媽暫時回不了家了。向晚的涼風中，那人潮溼的指尖無聲滑過我裙子遮不住的地方，手到之處，就地將小孩的皮膚變成女人的皮膚，為了安撫我躁動的四肢，穩定我不安的情緒，他必須混淆我的認知，於是一路誇讚我，而我多麼喜歡受到稱讚啊。彷彿他之所以坐在我身旁，是因為我聰明乖巧，而他之所以不得不觸摸，實在是，實在是因為我太可愛了。於是他的所作所為無一不是對我的禮讚，對少女的崇拜，置身於這種語言幻術的女孩，一個不小心，就會墜落險惡的身心失調，將掠取當作恭維。為了讓你不討厭這種感覺，為了順利刮取他們想要的，他們會餵你好聽的話，就像馴獸師一邊笞打一邊餵食。問題是，在兒童的視野中，在種種笨拙，有限，卻從不虛張聲勢的情感經驗裡，真心的愛與喜歡，往往是不作聲的，譬如我爸。嚴肅而總是疲勞的父親並不善於言談，尤其不會開口說愛，對他來說，「愛」這個字太矯情了，在我們生活的世界裡，有「疼」，有「惜」，不需要「愛」這種華麗的字眼。而父親以行動愛女兒的方式，是透過無盡的勞動，將每一分所得奉獻給她。他從不稱讚女兒可愛、漂亮，字詞困在剛強的下巴之中，被洶湧的羞澀阻斷，尤其不會像老師，像那些男人一樣竊竊私語。他不會嘶嘶作聲。

老師的讚美對我沒有效用，更別說，他的讚美還是二手的。對一個已經聽過甜言蜜語的女孩來說，這種二手貨帶來的二手經驗一點也不新鮮。我悄悄放棄了原本習慣的放學路線，擺脫了老師。他大概知道自己被看穿了，似乎不再敢跟著我了。後來的事開始得很突然，就跟「突然」這個詞的字面意義一樣，猝不及防。一天清晨，上學的時候，當我抵達公車站牌，老師已經在那裡了。我們家那站「廣慈博愛院」，是山腳下的起始站，清晨的溼氣在朝陽中泛開薄薄的一層霧，將周遭的景深拉得異常遼闊，像一場初醒的夢，碎著白色的光點，野貓成群掠過，踩著無聲的腳步，只有老師跟我兩個人，在等待那班最早的公車。

老師戴著一頂紳士帽，穿著暗色的西裝，陪我一起等車。滿車都是空位，他卻坐在我身旁，好像那座位早已指派給他，像一顆熟透的果實，理所當然，落在它本該落下的地方。在司機眼中，我們大概就像一對祖孫，慈祥的長者陪小孩上學，還真是一幅溫暖和煦的畫面。老師襲取了保護者的角色，假扮爺爺或父親，就可以安然坐在女孩身邊，跟女孩說話，碰觸女孩的身體了。我知道他會動手，我等著，但是這一次，他沒有動。這審慎自持比猥瑣骯髒更令我心生警戒。之前，我都是在放學途中遇見他的，然而這一次，他出現在上學的路上。這不是相遇，這是守候。他知道我家在哪嗎？我卻連他的名字都不知道。

他就這樣坐在我身邊。而老師守在學生身邊，向來是合法的。孤獨自立，使我成為一個落單的小孩：一個容易的女孩。老師之所以選中了我，不是因為我聰明、漂亮，而是因為我獨自上學。公車裡空蕩蕩的，溫馴的晨光爬了進來，斜斜緩緩。再過兩站才會上來新的乘客，這是老師的黃金時光。他的皮膚很白，白得透出淺淺的斑，指甲修剪得平整，潔淨，總像剛剛洗過手，將指紋連同犯罪的油脂一併去除。他搽了新的古龍水，聞起來謙抑而高尚，沒有動物的氣味。絕對非法，絕對乾淨，絕對高級。腐腐的香氣，彷彿再過一分鐘就要壞了，然而一分鐘過去了，還有一分鐘。他每多做一次，多摸一下，五臟六腑就要發臭一次，但是沒有人聞得到。

我再一次改換了上學路線。為了擺脫老師，我失眠想了一夜，提早出門，在另一個站牌先搭上另一輛公車，再轉一次車。孤獨自立，使我成為一個容易的女孩，卻也同時讓我成為一個，不容易的女孩。在兒童的表皮底下，我發現自己竟然是個辨識邪惡的天才。但老師總還是會遇到我的，比如說，監考的時候。

那是上午的最後一節課，考的是國語。我被安排在第一列。監考的是他。監考老師的姓名朗朗闊闊寫在黑板上。

老師在教室裡來回踱步，腳步輕盈的像貓，我無法確認他離我多遠，卻可以憑著古龍水的氣味，得知他離我有多近。他在我面前晃了幾次，我不曾抬頭看他。收卷前一分鐘，老師靜止在我正前方，動也不動，沒發出半點聲響，跟祕密的色情一樣，悄無聲息地放送著訊號。我一點也不感覺受到寵幸，只覺得煩。我感覺他的手在我的頭頂比畫著，想告訴我什麼，但是我沒有抬頭，我不想看。他見我沒反應，伸手在我的試卷上點兩下，我抬頭瞪視，看見他指著自己的嘴唇，並且動了動嘴唇。我看不懂。我不想看懂。你到底想要幹嘛？教室裡滿滿都是人，你還想怎樣？明豔的陽光中，我再一次看清那雙狡猾的手，細白而腴軟，淡淡的斑點在日光中顯得格外立體，卻又透明。我瞪著他，感覺自己一點也不害怕，旁邊還有人，陽光這麼大，除了我注視的目光，你還能拿走什麼呢？

下課鐘響之後，收卷了，我打開課本，翻尋自己答不出來的那一題。口亡齒寒。唇亡齒寒。原來他剛剛是在幫我作弊。這個老師。他在賄賂自己的學生。好在我不懂他的意思，否則，我難保自己抵不住誘惑，接受了他的贈與，淪為他的同謀。

而我之所以看不懂他的暗示，其實是有道理的。因為他在我眼中，向來是個只會拿，不會給的人。那雙劫取的手，一旦脫離了慣性，想給出一點什麼，那給法總是偏斜的，歪離的，難免就失了準確。於是，當他想收買我的時候，這場交易注定是要失敗的。他點著嘴唇的食指，那食指下微微鼓動的嘴唇，以及眼皮下隱微的抽搐，怎麼看，都只能是猥褻而已。而他給出的東西，終究是不花成本的，就像官宦之家將過期的禮品轉贈給僕傭或司機。

下課後的教室充滿遊戲的喧譁，有同學拉開了正午的窗簾，瞬間，爆炸的陽光撲了進來，我躲在自己的黑暗中，在無人可訴的遭遇裡，感覺自己好像成熟了一點。那一日熟成的並不是我，而是我對「卑鄙」的認識。下回考試的時候，這兩個字，連同他的名字，我一定寫得出來。

Z
零

黃崇凱

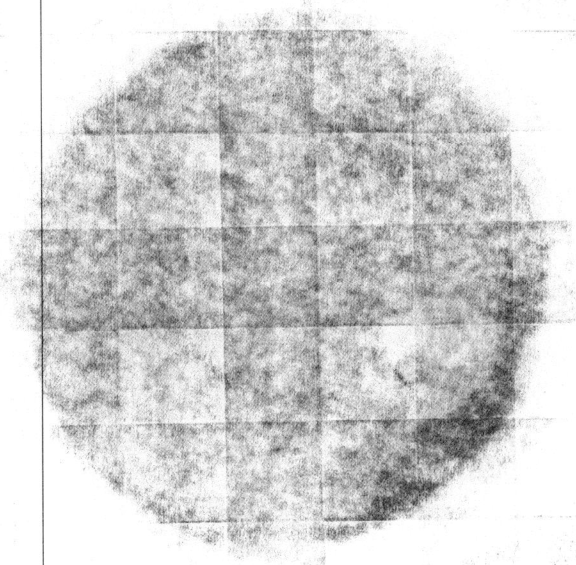

零

~~*L'abécédaire de la littérature*~~
~~*Z comme Zéro*~~

我一直想找個比較適切的角度來寫伯父。這個念頭或許從我大學時代就深植內心，只是需要一段時間才會逐漸抽芽、舒展開來，還要觀察它能否茁壯成有點意思的材料。我躊躇了好些年，該不該試著先寫一點出來，之後再慢慢修改。或者至少寫出一些草稿，掂量值不值得繼續深入下去。

首先是敘事者視角。選用與我自己非常接近的角度來寫是第一選擇。這麼做的好處是我可以直觀地敘述，從一個姪子的角度描繪我伯父的輪廓。由於我是晚輩，只能述說我見到、感知到的事情，在這有限觀點裡，容許猜想和臆測，讓我伯父的形象隨著段落鋪陳逐步構築起來。況且回憶是自成結構的，我能從多年來見到伯父的記憶中擷取、挑選某些片段，一面呈顯他這個人的面貌，一面讓我添加一些可能岔路的猜測，讓他的個人生命與島國命運錯綜交織。

在我出生、成長的二〇二〇年代，以東京奧運為起點，日本意圖再複製一次一九七〇年代高速增長模式，卻僅是迴光返照的錯覺，少子化、高齡化現象連帶引發的社會問題正在接踵而至。我父親在二〇〇〇年代末到日本留學，只是想逃離成天在晶圓生產廠房裡輪值、on call的設備工程師生活。促成他出走的契機是我的祖母罹癌。他先是留職停薪，在醫院照顧我祖母，不到半年，祖母過世。他跟我伯父、祖父辦完喪事，決定辭掉工作，報名臺北的日語補習班，打算到日本留學。那時我伯父在讀歷史碩士班第四年，論文還沒寫完，也鼓勵我父親出國看看。父親在補習班連五段動詞變化都還沒學會，就賣掉當時開的二手本田雅哥，加上工作時買的基金和定存，勉強湊了五十多萬臺幣跑到日本千葉讀語言學校。我父親說，幸好有你千葉的姨婆家可住，只需天天通勤到語言學校上課，省下不少食宿費用。據說父親在語言學校的成績不錯，試著申請早稻田大學的環境與能源工程研究所，竟然也讓他矇上了。父親不止一次跟我們兩個孩子說，早稻田改變了他的一生。父親去讀研究所的學雜費是由姨婆幫忙墊付，儘管如此，他還是得在超商打工賺取生活費。父親與伯父不算特別親近，平常各過各的生活，偶爾才交換、更新一些近況。父親說，其實我一直不瞭解你伯父，他後來寫小說、出書這些，對我來說都是另一個世界的事。這可能也是父親日後發現我對文學產生興趣，完全不干預的態度因由。他不拒斥不瞭解的事，只是默默看著接下來會怎樣發展。

父親決定成為日本人，完全出於偶然。他面臨過幾次回臺的抉擇。第一次是碩士班快畢業時，他才決定要留在日本找工作，但大多數人早在畢業前一年的求職面談就內定好了。他的起步太晚，面試的公司規模愈來愈小，經過實驗室的指導教授人脈好幾輪轉介，總算找到在宇都宮的工作。第二次是在宇都宮任職的工作屆滿三年，他打算跳槽其他廠牌或者回臺另起爐灶。那時他擔任大車廠集團子公司專營的電子中控系統研發工程師，時常跟擺爛的前輩處不好，動不動就吵架。有一次故意不上班、不開機，不讓公司的人聯絡到他，以此表明他的不滿。父親以為那次鬧脾氣，在講究輩分倫理的公司大概也待不下去了，乾脆找找臺灣那邊有什麼工作機會。睡了午覺起來，到流理檯水龍頭接了水，咕嚕咕嚕喝掉一大杯，開機，一長串公司、姨婆的未接來電，語音信箱也被主管和姨婆的留言填滿。還有一次是，他當時的臺灣女友家裡希望他結婚回臺生活，但他決定繼續留在日本工作（他欠姨婆的錢才還不到一半），那段關係自然隨風而逝了。父親談起這些往事，口氣平淡，沒有情緒起伏，就像一篇公告，只傳達必要的資訊。我反而是從伯父寫過的兩篇顯然以我父親為原型角色的短篇小說，來拼湊父親當年的心境。

例如短篇小說〈宇都宮〉，可以明白對照出敘事者和女友到宇都宮拜訪他的弟弟，其實就是伯父和伯母幾次到訪宇都宮的經驗壓縮。父親說，那時伯父離開出版社的編輯工作，試著以寫作、接案維生，不巧收到當年臺灣政府軍隊所謂的教育召集令，要應召回軍中做三、五天不等的後備軍人訓練。我伯父自從服完義務兵役退伍後就特別痛恨充滿教條的場所，而逃避教召令的辦法之一就是出國。結果他連續三年被召集，他就連續三年出國到宇都宮找我父親。那篇小說中的敘事者常在苦惱與寫作有關的事，每到書店就忍不住一個書櫃一個書櫃查看，雖然他的日文能力根本無法閱讀，卻總要買幾本書刊雜誌才甘心。接著憑不怎麼靈光的日文半看半猜，腦補他所見的日本文學出版狀況。小說裡面那個敘事者的弟弟（等同於我父親）每天早上七點出門上班，時常要加班到晚上七、八點後才回到家。週末則由弟弟開車出遊，到宇都宮附近的那須塩原或日光參訪。敘事者在那珂川町馬頭廣重美術館的浮世繪常設展前，對弟弟感到深深愧疚：對沒錢資助他在日本生活愧疚，對無法給予太多情感上的支持愧疚，甚至對沒能親手做一桌家常菜慰藉他的辛勤工作愧疚。敘事者常搞錯弟弟的工作內容，以為他在做汽車替代性能源研發（如太陽能車、氫氣車、電動車等），事實上弟弟的工作是汽車的電子控制系統整合研發。居停宇都宮期間，敘事者和女友在弟弟家打地鋪，平日起床盥洗後，一起走到兩公里外的連鎖咖啡店、餐廳和超市區域打發時間，混到傍晚買妥食材回家煮飯。敘事者形容那些坐落在通衢大道旁的店家「像是臺灣省道旁的賣場商家，不過是豪華升級版」。但事實上，宇都宮郊區周邊的道路景觀，就像日本其他地方城鎮，到處是那些了無生趣的連鎖店家、便利超商和大型柏青哥店，並不通往什麼豪華升級的版本。

小說特寫了兩趟路程。一趟是他們某日一早跟著弟弟出門，到他公司附近的車站搭五十分鐘的電車前往黑磯。從黑磯車站出來，他們拿著觀光地圖，隨意散步。大部分的商店鐵門緊閉，街上往來人車稀落，多半是有一定歲數的中老年人。他們曬著十一月的暖陽無目的地邊走邊看。吃過午餐，他們去了1988 Café Shozo本店喝咖啡、吃甜點，翻閱店內雜誌和日文初版的村上春樹出道作《聽風的歌》。從咖啡店出來後，他們逛了幾間家居雜貨店、花飾店、二手書店，最後在車站附近的小型百貨賣場內的甜甜圈店歇腳。此時正逢放學時分，敘事者看到身著中學制服的學生出沒，心裡想著，在這樣一座小鎮長大的人會想到哪裡去呢？那些讀過的小說、看過的日劇和電影，總是有出身鄉下的少年少女要逃離沒落的商店街，奔往霓虹吞吐的大城市。敘事者想像，如果當年臺灣繼續被日本殖民，我所生長的小地方也會是這麼的稀疏、暮氣而整天想著要到東京去嗎？敘事者懷著這樣的猜想，搭著滿載的電車，搖搖晃晃回到宇都宮市區。等著弟弟下班來接的一小時間，他不斷思索這些。

另一趟特寫路程是敘事者的女友搜尋弟弟住處附近的店家，發現一點五公里外有家木屋咖啡店，他們可以步行前往，在那吃午飯、混整個下午。本來一切順利，傍晚回程路上看著手機網路地圖以為可以抄捷徑，卻走到迷路，無線上網收發器沒有訊號，衛星定位失準之下，只得在漆黑中努力走回大馬路。兩人走得又餓又累，終於走到大路旁的連鎖拉麵餃子店，網路收發器復活，傳了訊息要當晚有社團活動的弟弟開車來接。失去網路訊號的時刻，隱喻著自我與世界之間的連線中斷，即使近在眼前的路，也像是沒有光的所在。敘事者本來覺得弟弟在先進國家生活，一切環境條件都比在臺灣好，天空比較藍，空氣比較乾淨，大家做事比較有規矩，人與人之間的禮儀規範比較有秩序。但一旦失去團體中的位置，整個社會可能就像排擠一顆膿皰一樣地排除你。敘事者意識到，弟弟的日常，除了工作往來的人際網絡，還能對生活有什麼期待？這或許是他之所以渴盼每天下班回到家，能有人等著他吧。我想伯父多少捕捉到一些日本當代社會的切片，不過有時會推論過度。其實每個人在社會上，不管主動被動、願意與否，都會被分派一些角色和身分，有時角色間可以流暢整合、切換，有時不行。不僅在日本如此，我猜在臺灣或其他社會也是如此。

伯父在〈第一個日本人〉記述作家在日本工作的弟弟娶了北海道出身的年輕女子，取得日本國籍的經過。這顯然是以我父母的實際經歷為藍本，裡面最有趣的段落就是弟弟想取個「很日本」的姓名。由於在日本討生活的中國人為數眾多，弟弟怕太太依照日本習俗冠夫姓後，被誤以為中國人，要是遭受莫名的歧視就不好了，所以他商請作家兄長幫忙想一些姓氏和名字，做為入籍日本的正式姓名參考。小說有兩條時間軸，一條是日本殖民臺灣時期推行皇民化運動的背景下，幾個臺灣仕紳在討論漢姓名改日本姓名該怎麼改才好。另一條則是生活在二〇一〇年代末期的作家跟弟弟討論幾個姓名備選。這裡摘錄一段對話：

「以前日本時代改名字有一些規則。像是本來姓『林』的，在日本也有這個姓，就不可以直接套用，一定要改成『大林』或『小林』。像我們姓『吳』的，日本沒有一樣用這個姓氏的，根據拆字或諧音的轉換規則，可以用『矢口』、『吳正』、『梅村』、『梅里』、『朝光』、『安藤』這些。」

「『安藤』不錯，我喜歡安藤櫻。」弟弟說。

「不然考慮老媽他們那邊姓『張』的，可以改成『弓長』、『長田』、『長本』、『長谷川』之類的『長』系列，還有一個你大概不會用。」

「為什麼不會？」

「你們公司不是隸屬本田集團？你們開車都規定要開自家品牌了，難道你想用『豐田』？」

「這麼說的話，『本田』也可以考慮耶，搞不好會被特別照顧。」

「還是你想跟日本姨丈他們姓『大木』？」

「這有點微妙。先跳過好了。」

「你怎麼不考慮跟亞紀姓？」

「我有想過，可是她自己就不喜歡『柴田』這個姓氏。不然乾脆取『千葉』好了，紀念我在日本第一個落腳的地方。」

「名字呢？」

「還沒想到那裡。你有什麼想法？」

「我試過網路上的日本姓名產生器，跑了兩個結果出來：一個叫『千葉純一郎』，另一個叫『吉國平吉』。」

「聽起來都好智障。好啦，再看看吧。」

我求證過父親，他確實有請伯父幫忙想姓名，不過伯父並未如小說寫的那樣熱切幫父親擬出備選清單。小說以詼諧語調、通風良好的文體，來討論「成為日本人」的沉重議題。這一向是伯父的寫作特色：他擅長在輕重、濃淡之間取得平衡。所以這篇小說的結構是由雙線敘事、雙重時空搭建起來，一邊是日殖年代非自願的改日本姓名，一邊是為了實際生活考量更換姓名。為了在日本統治下的生存機運，改替姓名的臺灣少年依然受到本島人子弟的欺侮，三天兩頭打架，少年在終戰後恢復原本姓名，卻在國民黨統治下感受到另一種壓迫，於是他認清了，其實名字不過是表象，潛藏在底部的東西才應當畏懼。所謂的名字，不過是某種稱呼，方便辨識、區隔之用，有時沒有多深刻的含義。一如世上眾多大山大河的名字，原意皆是巨大、廣闊的意思。後來準備寫作的少年，給自己取了筆名，按自己的喜好，混用漢字、日文、臺羅拼音字和英文，默默書寫著卻極少發表。少年的故事跨越日殖尾聲和國民黨政府遷臺初期的年代，訴說著那些被給定的名字，卻往往宿命一般形塑了人。這個重新發明自我的文學少年，在漫長的寫作生涯裡，從未真正存在過。他是沒有名字的人。

在另一個時空，打算更換日本姓名的臺灣工程師，乃是透過新名字和跨國婚姻融入森嚴的日本社會。根據日本國的歸化規定，他將要拋棄原有的國籍，創立新身分，成為開闢新天地的第一人，那家譜起點的第一個名字。當然事實上並沒有伯父形容得那麼驚天動地。父親保留了原有名字中的「良」，周圍原本相熟的同事友人依然以「りょうさん」暱稱，全部戶籍資料更新成日本姓名不過是文書作業的必要手續。父親就這麼在日本安家落戶。小說刊出後，父親的臺灣老友來訪，當面問父親，對於伯父在小說裡把他的名字取為「本田良多」有什麼感想。他笑了笑說，我哥大概覺得很好玩吧。小說那樣寫，多少營造出成為日本人的荒謬感，甚至帶點諷刺：不僅要當一生日本人，還要當一世本田人。我父親確實在他服務的第一家公司待了下來，直到六十五歲退休。或許外國人仍有升遷的隱形天花板吧，但至少父親不斷吸收新知，持續待在研發實驗室，期間參與過包括自動駕駛油電車量產研發等幾個重點計畫。父親致力於開發建置無人地面載具的駕駛中控系統平臺介面，嘗試以深度自我學習的人工智慧整合各種車械軟體、感測元件和即時數據。退休後，他保持每週進實驗室一次，擔任研發顧問，協助教育訓練和系統測試項目。坦白說，我們從小到大極少意識到父親是臺灣人。他跟大多數的日本父親相似，寡言、專注在自己的嗜好，平日下班回到家，泡澡後就在廚房餐桌跟母親小酌幾杯，打打老電玩遊戲放鬆。我們家跟大多數日本家庭一樣，黃金週全家出遊、盂蘭盆節假期回母親的札幌娘家避暑、新年假期則回千葉姨婆家過年（姨婆給的紅包總是最大方）或回臺灣待幾天。後來我跟妹妹上了中學，寒暑假各自有愈來愈多社團活動和計畫，自然不那麼常跟父母一起出門了。或許我對父母的認識就停留在那段「尋找自我」的青春期前後吧。

直到去東京上大學，我仍然不太清楚自己以後該做什麼。偶然接觸文學的契機，來自我在便利商店打工的同事。一開始聽說那位年過三十的女同事在寫作，參加過不少文學獎比賽，以同樣在便利商店打工且寫出《便利店人間》獲得芥川賞的作家村田沙耶香為偶像。我懷著好奇找了那本小說來看。一讀之下，那本小說像是撬開我的頭蓋骨，所謂的「正常」與「不正常」人生在腦中糾纏、旋轉了起來。尤其身為現役便利商店打工仔，彷彿預見了自己在這個場所原地徘徊十幾年的地縛靈未來。以此為起點，我開始在書店、二手書店蒐羅歷屆芥川賞得獎作品，沿著年分上下追溯，一本本閱讀鍛鍊品味，若遇到特別有感的作者，再去搜集同一作者的其他作品。應該是科幻小說家威廉．吉布森說的吧：

「未來早已降臨，只是尚未擴散。」那段時日瘋了似的啃讀文藝書刊，盂蘭盆節放假回宇都宮家裡，才發現父親書櫃中有村上龍的《接近無限透明的藍》簽名本。我驚訝地問父親這書怎來的，他說喔那書擺在那裡超過三十年了吧，你們以前都沒興趣看。應該是很久以前你伯伯來日本採訪村上龍時拿給他簽的。伯父的日文版短篇小說集就擺在村上龍隔壁。我第一次想知道，究竟他寫了些什麼樣的小說。

那時臺灣和中國的關係已從高壓緊張緩和下來。儘管中國維持表面強盛，實則內部處在潰而不崩的狀態，且有著許多外人看不到也領略不到的社會問題（尤其是這些年的西藏、新疆等地的變動）。不過中國一貫對臺灣軟硬兼施，一面強硬阻斷臺灣政府與國際組織連結的可能，一面開放諸多優惠待遇給臺灣人民。有報導說，中國惠臺政策已經讓利到令大陸人民普遍厭惡起臺灣人了。中國以經濟促進統一的手法實施多年，亦不放棄武力攻臺的最後手段，臺海局勢長年就這麼處在扭曲、詭譎的境況。這正是伯父的小說作品的一大關懷。在伯父五十歲前後，歷經幾次鐘擺式的統獨擺盪，中美兩強長年在貿易、外交上交鋒，頗有新冷戰的對壘格局。然而美國國力日衰，在亞洲的區域霸權地位逐年下滑，回歸到以自身利益為優先考量的條件下，「向臺灣說再見」的聲浪愈來愈大。夾在中美兩大強權縫隙中的臺灣，似乎也逐漸務實考慮從美利堅盟友脫隊，盤算著「既然打不過就加入它」。彼時香港、澳門特別行政區名存實亡，臺灣像是年老色衰的倡優，擁有的籌碼已然不多。伯父習慣從現實處境描摹延長的虛線，設想一些極端的情境，虛構某些局面。

他曾在一篇小說假設臺灣的邦交國吐瓦魯發生大海嘯，緊急救援撤走一萬多個國民安置在臺灣花東一帶，接著想像吐瓦魯和臺灣合併，組成新的吐臺共和國。他在另一篇小說假想臺灣島無故海漂東移，宛若自主踏上「脫亞入美」的逃逸之線，卻留下鄰近中國沿海的金門、馬祖、澎湖等島嶼。還有一篇小說猜想臺灣擁有核子武器後，在恐懼和理性的天平上取得武力平衡，臺灣得以略微跳脫地緣政治的局限，獲得法理獨立的國際認可。然而伯父這些小說皆隱隱然透露著悲觀。他不認為就算臺灣正名獨立，人們的基本生活會有多少實質改變。臺灣仍得小心翼翼與強國打交道，社會依然要面對全球資本、人力流動帶來的種種痛苦試煉。

他對日本的態度則有些曖昧、隱晦。大約在二〇一一年東日本遭逢三一一震災巨變後，臺灣人對日本民間的支助和聲援，造就了臺日友好的印象。但伯父的作品讓我瞭解到，臺灣曾受日本殖民，後又受日本文化的影響，混雜著多重聲調的歷史記憶。在他以我父親為原型的兩篇小說中，我難免訝異於他竟能把握一個移民、外來者試圖融入日本社會的心境。畢竟他長年在臺灣生活，也不像有對我父親深入訪談過才下筆。還有一篇直接寫到日本方面的小說是〈大籓阿姨〉。這應是寫住千葉的姨婆。小說敘事者嘗試拼湊那個被他稱為「大籓阿姨」的阿姨，早年如何跟好友一同遠渡日本讀語言學校，又在怎樣的因緣與日本人結婚生子，就此留在千葉縣的小鎮生活。隨著敘述推進，大籓阿姨漸漸瘦了，敘事者漸漸懂事了，改口稱她「日本阿姨」，散記了從小到大幾次到訪日本阿姨家的片段。小說寫得平淡，普通讀者大概只是看到臺灣女子嫁入小林一家，有時接待臺灣來的親人，有些成員消逝，有些成員誕生，生生滅滅，如此平凡。對我來說，讀來倍感親切，每個角色都可一一對照我現實世界的親友。那次假期在家，我讀了村上龍的出道作，也讀完伯父的短篇小說集，決心到臺灣走走。父親很快幫我聯絡了伯父，以臺灣話飛快說了幾句，通話結束，隨即排定拜訪行程和班機。

那時我已經超過十年沒去臺灣。那些年父親返臺的次數也少了。我照著事先查好的路線資訊，從桃園機場出境轉搭高鐵到臺南。伯父騎著他的老摩托車來臺南火車站接我。那年伯父已經快滿六十歲，光頭，戴著玳瑁膠框眼鏡，穿著洗舊的短袖襯衫、短褲，踩著人字拖鞋。我在伯父家待了三天，語言不通的狀況下（他只會說一些常用的日語單詞），也就是一般伯父與姪子之間的交流。他和伯母帶我在臺南市區四處參觀大天后宮、祀典武廟（伯父在那入口特別指了「大丈夫」匾額給我看）、赤崁樓，到安平古堡、漁光島沙灘散步，流連在他們常去的小吃店、咖啡店。他們家裡到處是書，我睡覺的客房應該是伯父特地清出一塊空間才能擺上簡易床墊。八月下旬的臺南相當炎熱，溼度又高，下午走在路邊一會就渾身汗膩。但臺南似乎大街小巷都有水果店和冰店，哪裡都看得到人在喝飲料。等到回東京的時候，我數了數，大概吃過二十家店，卻跟伯父伯母說不到二十句話。

從臺灣回來後，我在大學選修了中文課，開始有空就跑到虎ノ門的臺灣文化中心聽講座、翻書或看些臺灣電影。我一樣在便利商店打工，一樣自行讀些文學作品，興起的時候就寫點像是小說的東西。我的中文進展有限，有些捲舌音要很努力才發得準確，成績普普通通。在那學中文的過程中，我慢慢覺得這或許可以當成討生活的專長，大學畢業後就到臺灣讀語言學校。父親母親對此沒意見，要我想做什麼就儘管去試試。我沒問過父親的想法，卻想到父親當年到日本學日文，身為兒子的我卻反過來，到臺灣學中文。這很像是伯父會拿來寫小說的素材。

在臺北的師範大學學中文的第一年，我的中文進步快速，輕易超越之前在大學裡的兩年選修課。我認識了一些其他國家來的同學，認識了一些臺灣朋友，能夠讀更多中文書。其間，伯父若有上臺北，我們會見面吃飯，或者看電影、到美術館或故宮逛展覽。我也曾南下旅遊時，路經臺南借住過幾晚。靠著參照閱讀臺灣作家的日文譯本和中文本，我愈來愈能掌握文學語言。而且當我能以中文跟伯父談話，他簡直是我的導覽員，凡是跟文學相關的事他都略知一二，隨時能開書單給我補充。他很樂意跟我談論、分析別人的作品，卻從來不談自己的寫作。

後來我在臺灣找到日本出版社版權代理和翻譯的兼職工作，開啟我的翻譯生涯。先從零星的短篇小說、散文累積，慢慢接一本一本的書的翻譯。其實我的目標是日後要寫出自己的作品，只是透過翻譯來幫助我揣摩、仿效各種文體，以便增加我的寫作武器庫。所以我不僅翻譯臺灣文學，也翻譯中國文學，以及其他以中文寫作的香港、馬來西亞華文作品。當然，我心裡也偷偷盼望哪天有機會翻譯伯父的著作。我試探過伯父，他說自己早習慣在這個年代保持沉默，「何況我十五年沒新東西，早就過氣了。」

Z評論

潘怡帆

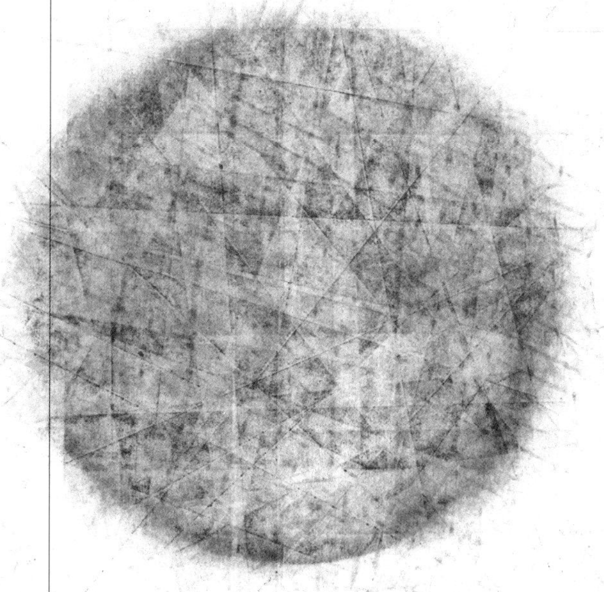

零

~~*L'abécédaire de la littérature*~~
~~*Z comme Zéro*~~

字母終局，盡皆歸零。零，暗示前二十五個字母所築起的精神與思考都都需抹除，而後重置。然而零亦不是徹頭至尾皆沒有，因為無感於零，則零不存在。必須接連二十五次的積累才有抹除的可能。於是所有的努力無非為了歸零，為了棄絕一切，推倒積累，堅定地說「沒有」。因為文學創造無關建樹，而是從典範離開。彌賽亞以毀滅帶來新世界的希望，諾亞方舟航行在世界淹沒不在的洪水上，張無忌棄絕張三丰演練的劍法，才練就太極劍的奧義；盡逝後能重新開始，拋棄即創造的起源。脫離太陽神阿波羅奠定的白晝律法，迎向酒神的璀璨毀滅。零，因而是最劇烈的運動，為了從究極的寂靜中引爆最震懾人心的狂喜，於是，歸零。

童偉格的字母Z逆向起跑，撥轉歸零，敘事各自由結局倒行原初，從母親托送西瓜講回主角與姊姊在此前的矛盾，已然葬身海底的阿明爬回海面，逆溯生前。死亡一路倒轉往出生前，小說裡的所有運動都成為結局已定的徒勞掙扎，阿明再返來也無法取消自己的死亡，描述父親無法換回活生生的他，就像

《獵人格拉庫斯》即使馬不停蹄地移動也無從離開死亡之域。童偉格從零度鑿出無法納入計算的時間倒敘，召喚運動不可能的芝諾詭論，使開始一再退回開始的開始，永遠無法真正踏出零度以外。小說主角把母親的西瓜送往姊姊的處所，恍如薛西弗斯推石的純粹勞動並不增加任何收穫，或如海角母親們將稻田囤積成工廠，再將荒壞工廠收拾成游滿蝦蟹的溝渠農地，彷彿工廠從未存在；看電視的姊姊每逢廣告時間，便拿出清潔滾輪悠哉沾黏四處毛屑，廣告結束她爬回電視機前，像廣告或清潔的時光未曾有過。童偉格縫合重複（農田、連續劇），摺入差異（工廠、廣告、清潔）成不可見的內襯。小說提醒，冬天的海絕不單調，而是將「非洲草原那萬獸聚集的氣魄」覆蓋在表面無事的零度空間底下。昆德拉在《生命不可承受之輕》裡提到，「只發生過一次的事就像壓根兒沒有發生過」，童偉格則在字母I說：「發生過兩次以上的事，會等於沒發生過」；昆德拉認為，差異若不經重複的辨識而命名，那麼，不被認識的差異最終將無法存在，然而童偉格提醒我們，必須經由重複來命名的差異，將指認重複而非差異，並且最終取消差異，等於「沒發生過」。差異不可知，即零度，它或無法辨識，或因重複而質變，由是我們理解了小說中對羅蘭．巴特二次喪母的引用。巴特發覺自己注定喪母兩次，初次是母親過世，第二次則是「當她遁回無可記憶那刻」。巴特回顧死去母親的一生，他一路反向追索母親的舊照，從中年、結婚、少女退回最初時刻，此前再無，感到母親再度消亡。完整圈寫的生命史弔詭地並未使巴特擁有全部的母親，反而導致二度喪失，因為當母親以一個總體形象被蓋棺論定時，正意味著她的結束，就像唯有當時代告終時，我們才能為之命名。古典時期宣告著古典的滅亡，浪漫派的歸類敲響浪漫派的喪鐘，小說裡的阿明必須回家兩次才能終結人子的任務，父親的亡故必須經歷兩次葬禮（埋葬與撿骨再葬）來確認。巴特母親的死亡不在於肉體的消亡，而在回顧她一生後；當我們回顧二十五個字母，最終必然走向歸零的道路：「我們不外乎，都是她（母親）已消亡的後裔。」消亡並非結束，而如普魯斯特所謂地質斷層的變動，那必然誕生與前不同的後裔們，踩著過去的養分，長出全然異質的新芽，就像童偉格在字母G對維柯《新科學》的引用，我們終將成為養分，壯大未來。因而歸零不是結束，而是為了更新世界，為了打開新思考而結束一種思考。字母Z由童偉格打頭陣，帶著字母會對未來文學的祝福，唯有「背過一切人為的荒漠，第一次，他們才看見從未見識過的海洋」。從字母零之後，字母會與所有的讀者「就是兩名獲有時序的正常人了」，迎向另一個將臨的文學時刻。

童偉格按下倒數計時的碼錶，啟動回顧歸零的最後程序，接棒的陳雪提出古典與當代小說的形式交接，以對話體與意識流書寫展開零的二重性：零的胎動與歸零。「寶寶寶寶寶寶寶寶」……小說開場於幾對拉子好友討論著人工生殖的懷孕計畫，用科幻與夢幻壯大純屬女子間密謀的求子計畫。對話讓虛空的子宮逐漸隆起，開始受孕：美國來的精子，郵寄到柬埔寨診所待命，先到婦產科檢查，再用中藥調養身體，冒著事後爭奪小孩的風險跟男同志形式婚姻，拉子之間還有誰的卵和誰生的問題，生一個好還是兩個都生？簡單一點就到酒吧一夜求子，複雜的程度也能擴延至操控小孩的血統、品種、星座，還有如何教養小孩等問題。不存在的寶寶纏祟著你來我往的話語空間，愈描摹愈具體，他尚未存在卻已長成帶著華裔面孔的混血兒、A型血、雙子座，已被未來的母親深愛，亦深陷不被歡迎，反對兼恐嚇的家族風暴中。寶寶不在，卻從對話中分娩出來，他以缺席的方式現身，既是又不只是零而蠢蠢欲動。主角「她」以意識流的思考切換眾人嘩啦啦的對話產子，她曾人工流產一個孩子，於是思想運動開始從飽脹想像的胎動轉向墮胎歸零的程序。已經在三年前摘除子宮再不能生兒育女的「她」回想起徹底歸零以前的人生，「她不可能生育不可能撫養不可能結婚不可能的愛情繼續著只因為無法停止，說不定只是因為賀爾蒙作祟費落蒙起乩因為男人總不愛保險套可是他們也不愛小孩到底用了沒用保險套自己也弄不清楚……她愛著不能分開也無法好好相處的男人她不能生下他的孩子」。不同於表面積極實則謹小慎微的計劃生子，意識流則將翻騰巨浪掩藏在無波瀾的如鏡大海下。主角「微笑著續聽朋友們交談準備生養製造一個孩子必須耗盡所有存款五十萬八十萬一百萬到底夠不夠能不能製造一個生命」，同時憶起迫使歸零的前導節奏正是愈來愈高升與一無反顧的瘋狂。那種翻覆天地，不容片刻喘息、遲疑或反省的強迫，將在旋起所有瘋狂、愛慾、死亡與災難後直撲歸零。在熱烈往來對話中受孕的孩子，被蜷曲於內心不可見的意識流世界默默斬殺，奔騰的話流最終只為了完成一個最終與自己切斷關係的零。由是，陳雪通過意識流凸顯歸零前的徒勞運動，潛藏於意識卻四處亂竄的意義不斷湧現，五味雜陳卻無法一以貫之地簡單道出，千頭萬緒狂風驟雨般的拚命說，同時亦是什麼也沒說的逕自沉默。由是，歸零並非徹頭至尾不曾易改的平靜，而是主角不動聲色底下的波濤洶湧，是陳雪關門前留下空無一物的巨大迴聲：「沒有也存在。」

陳雪講述無存在的迴聲，駱以軍則展演凌空探物的文學手勢。小說描寫一個文學讀書會對《字母會B巴洛克》中諸篇小說進行投票討論，敘事者寫的那篇出乎意料地得到零分。「零」經由投票的單刀直入被賦予平板的印象：瞬間判死、取消存在的任何一絲價值、毫不猶豫的把迴圈封死的零，換言之，一個無厚度且無足輕重的點。然而這些關於「零」的意義，卻與敘事者在書寫過程中投注作品的意象毫無半點接近：「我的書寫琴弦，在編織綳緊並鎖上各個金屬絲的螺絲時，我洋溢著書寫的歡悅……那篇作品在書寫時光，架備情節，驅動想像，賦予魔術……經過手工藝，使之存在於某種活物的神祕流動。」毫無負重，宛如初生的零精確標誌或兌換一樁處心積慮的計算，純手工搭字配詞，通過離開慣習的詞組而切割出能塞入更多想像的字距空隙，流暢的閱讀隱藏著讓字詞無法安分的鋪排，由是鬆動方塊字，揚落一身塵土，漫開滿室飛旋錯落的意義群落。無盡膨脹的寫作宇宙究竟如何在瞬間塌縮為零？極大極小的反差結構成循環的無限運動。敘事者回憶二十年寫作一再復始的經驗，每次從「虛妄拉出一座空中閣樓、時間簡史、不存在的大冒險」，就會有一次不同模式的「密室裡的震爆、率然臨之的罪名，讓我驚駭莫名，欲辯忘言——事實上，我學習寫小說之初，完全沒有學習，如何在小說之外，小說寫完拋擲出去之後，替自己的作品、人格、敗德、惡行……辯解」，然而，盡滅歸零的時刻總已不由分說地降臨。極致繁複而後系統盡滅的一再重演，驗證「零」毫不輕薄，並非初生而無知的開始，而是「開始總已重新開始」。就像阿茲特克文明建起的「神之城」等待被殖民者破壞殆盡成荒土，或在語言發明前，一切的生物，所有蠕蟲、海中魚群、蝴蝶、蜥蜴、烏龜、鳥、斑馬、鬣狗、獅子、長頸鹿、甚至狒狒……在那幾百萬、幾千萬、幾億年間，努力的交配、覓食、演化，全是活在一種「等語言出現，最後這一切都要被取消活著」。由是，歸零總已通過重啟，同時承擔了洗掉幾億年間的積累或精密文明的沉重，它有別於無知或興之所致地開始，而是在通曉自己將爆破的世界是何等龐大後，仍決定一意孤行且承擔一切的勇氣。小說提到，每一個零度都內在凹摺著一個宇宙大小：「宇宙是從單一的點爆發而產生，這個點的大小大概和一個原子差不多。我們所知的一切物質、能量、空間和時間，都以超乎想像的密度塞在這單一的點中」；每一次的關閉都超載著把一個族群壓扁成零的重量，「那些痞子西班牙人，轉過身，將大批眼前轉瞬死亡的奴隸，挖鑿的銀礦，轉運回歐洲，那持續發展成後來的故事，我們現在置身其中的世界。」因而沒有無辜的零，只有將文明踐踏成廢墟而就地重建，踩著被侮辱被損害之人的「殘骸、血水，吃著從他們以哀號交換過來的這個文明美食」那樣滿身罪孽（而非輕薄如無物）的零，那樣幾近不可承受的零。而面對字母會那二十五次層疊築起的奇景怪境，與即將爆破的歸零，敘事者唯一提請「謙遜」，對於即將展開與過去摧毀的，提請慎重地記憶。班雅明的天使面向過去，倉皇且沉重地重新回到零的開始。

倘若駱以軍將字母會編寫成魔幻寫實的Z劇場，顏忠賢則以肛門象形，展開字母Z的肉身戲仿（parodie）。巴代伊在《太陽肛門》（*L' Anus solaire*）中提到：「生命是戲仿的，且短缺了解釋。」戲仿出於調侃、嘲諷、遊戲或致敬等目的，使兩個不相干的事物彼此相連。每個事物都是對另一事物的戲仿，一旦它們被繫動詞「是」接連成句子，便激活大腦反思，旋出燒腦的循環，生命由此暴動而繁衍：繫動詞（copule）是性交（copulation），大腦是赤道，零是肛門。繫動詞「是」成為性愛到極致激狂的連接體，指認想像生命的起源。然而，由戲仿展開的生殖無非是腦內風暴，無名火的狂躁，沒有任何事物會被實質認出，一再變形的戲仿，構成無處棲居的純粹游牧。循環的起點亦是終點，所有的出發都是為了折返，反摺回空洞，從肛門反摺回零。小說遊走在一個接一個的灌腸經驗，肛門來往於收縮又舒張的展演，從零度通向另一個零度：灌腸藥水進入後，必須HOLD住，「沒有忍住太快拉出來所有的藥就沒用了」，因而必須零洩出地絕對收縮。然而，一旦洞口敞開，肛門亦盡瀉不留，禁食、瀉藥，加上灌水水療，只出不進的無盡歸零，以便抵達「饑餓的狀態迴響出的最底層回聲」。空無一物與回聲，像鳥鳴盤繞出幽谷，回聲是對一無長物的再確認。敘事由拉肚子、排泄、大腸水療築成一道不斷掏空的洩洪通道，跟著療程同時吐露的一切心聲、過往、羞恥感、心灰意冷、匪夷所思的細節、噩夢、好奇與諸多疑慮成為遺留在通道上，必須徹底淨空而即將報廢的言說。因而小說裡的言說無非是為了拋棄，為了歸零所必須卸下的障礙與廢棄物，它們偽裝成臟器而乍看像作品，其實是作品的剩餘，就像小說提到，第一次見到宿便的驚奇：「看到嚇一跳因為像是拉出自己一段腸子⋯⋯就像自己退化的殘體局部⋯⋯破器官。」水療患者開始紛紛道出各自關於肛門宿疾的史前史，雷同的經歷沒有因為重複而被抑制，周而復始的節奏呼應著巫師對修行者的反覆忠告：「用心想像用你的肛門來修行……把心拿走。」剔除核心，剩下空殼，顏忠賢把肛門從慾望的心理學名詞凹摺成禁絕一切的苦修鍛鍊，從盈滿生育力的巴代伊轉進無腔調的貝克特，展演了布朗肖意義下的中性言說（parole neutre）：重複而無人在聽的話、無法停止一再說起的話，亦是使所有言說陷入永恆拒絕言說而歸零的貝克特之言。

顏忠賢用滔滔不絕的說展演言說缺席，胡淑雯則掏空核心而歸零。小說開篇提到：「假如你真心掛念一個人，那個人會變成一團謎，化身為各種意想不到的樣子或『沒有樣子』，襲捲任何可能的符號與意象而來，讓困惑隨思念與遺忘一併加深。假如你一點也不在乎那個人，他反而必須老老實實的，以寫實主義的文法現身，方便你指認出來。」這個區辨奠定了小說的法則：被寫下來的將不是重要的，無法被寫下來的，才是敘事者真正在意的事。敘事者娓娓講述小學五年級時遭受隔壁班導性騷擾的過程。在公車上老師身上噴得香香的，飽含關懷與讚美的語言幻術，用修長手指乾乾淨淨的步步逼近，敘事者耐心等候老師犯罪意圖的落實，以便拋棄尊師重道的倫理綁架，理直氣壯地離開現場。她三番兩次改換上學路線與時間，不願接受老師用來賄賂她成為性共犯的作弊……，在屏氣凝神與老師對戰之間，敘事者絲毫不顯怯懦或驚恐，因為這一切毫無新鮮而且都已曾經發生：「四、五歲的時候，住在博愛院的單身老兵做過，小學三年級的時候，美術老師在地下室也做過，他們的方法，手感與氣息都差不多。」隔壁班導只是一個「二手貨帶來的二手經驗」，連讚美都只是二手的。重複與二手的反覆提醒，一再削弱做為小說主軸的性傷害的重要性，凸顯那通過表面重複勞動的運輸中，被差異賦予的知識啟蒙，就像書寫重述事件，使更深刻的反省從字裡行間浮現。重複的傷害使敘事者能置身事外地學會更重要的事，那是藉由出手與惡意所領悟的「一旦」、「卑鄙」與「愛」的深意。「一旦你起手犯規，我就知道怎麼辦了……當即將成為現在」，便一翻兩瞪眼的讓曖昧不明著床成黑白分明的判斷；「將過期的禮品轉贈給僕傭」無非就是卑鄙；而真正的愛，是父親「透過無盡的勞動，將每一分所得奉獻給小孩……字詞困在剛強的下巴之中，被洶湧的羞澀阻斷」。胡淑雯以一則故事的軀殼提請我們注意，真正重要的不在表面。表面，是終於歸零的字母Z，然而真正重要的是那尚未被言明的重新啟程。開始在乍初時刻無法被察覺或訴說，必須經由事件才能定錨開端，因而開始總已是對開始的回溯，開始總已重新開始。開始的開始至關重要（它將導引整個事件）卻又無法言說，因為開始在它所不在之處，在開始結束後開始。開始總已經開始，因此，開始只能通過與之不符的結束來指認，而結束總已施放開始的信號彈。由是，字母會在第二十六個字詞之後，歸零。

經歷五位作者的先後歸零，壓陣的黃崇凱描摹一位關門的入門弟子，呼應字母Z。字母會的最後一字，黃崇凱並未呈顯幾經努力終於修得正果的恢宏氣勢，相反，敘事者以寫作見習生的身分出場，由是，結尾並非結束，而是等待進場。敘事者開始構思一樁寫作計畫，尚未啟動的作品將填塞入過去的材料：「我一直想找個比較適切的角度來寫伯父」。已發生被尚未發生重新包裹，就像呈顯於鴨仔蛋內外兩重不一致的時間，還未啟動的時間零度由是並非沒有時間，而是裝載著另一種時間的流湧，誠如楊凱麟對此篇的描述，在一則未來的歷史中，時空對稱凹摺的中心是過去，「字母Z除了有故事的多重塞進摺入之外（字母P的迴返），更以一種時態上的『先未來式』（futur antérieur）從事時間的複式疊加。小說中的小說各自持存在臺、日的不同時間與生命處境之中……每一則小說於是都成為其他小說的鏡像，都同時已經「塞進」所有小說的處境，也都已經是另一則小說敘事者說出的故事。」伯父舊日的作品將構成敘事者未來寫作的素材，已完成之作重新成為生產新作的原料，通過未來的寫作轉世出另一重面貌。然而，像輪迴般既是零也不是零的重生，弔詭地，並未被安排成垂直的繼承，而是旁系橫移。敘事者要重寫的對象不是父親，而是伯父，他在伯父舊作裡找到的並非伯父，而是「以我父親為原型角色的」父親。乍看一脈相承的香火開始錯亂。敘事者的父親像所有日本父親一樣，是個沉默寡言的臺灣移民，敘事者通過伯父短篇小說裡的敘事，臨摹父親的心境，然而，敘事者同時提到：「父親與伯父不算特別親近，平常各過各的生活，偶爾才交換、更新一些近況。」其實不了解哥哥的父親，就像總是搞錯弟弟職業的伯父，他們無太多交集的生命使伯父指認父親的可信度存疑。敘事者曾就伯父一篇撰寫弟弟找他商量選日本名字的小說，向父親求證內容，父親「確實有請伯父幫忙想姓名，不過伯父並未如小說寫的那樣熱切幫父親擬出備選清單」。此外，伯父〈宇都宮〉裡描繪了像是臺灣省道旁的豪華升級版的賣廠商家，「但事實上，宇都宮郊區周邊的道路景觀，就像日本其他地方城鎮，到處是那些了無生趣的連鎖店家、便利超商和大型柏青哥店，並不通往什麼豪華升級的版本。」作品於是並非事實的原樣再現，伯父的作品不通往父親或伯父，更甚，敘事者描述與研究的並非與已直接共時的伯父的新作，而是間隔十五年的舊作。小說末了「早就過氣」的震撼彈說明這不僅不是一脈相傳的連續繼承，而是左拐右彎的枝節旁生，與被空檔時間割裂的斷代繼承。旁系、錯認與代溝把非正統、不一致、不對等與不均勻的思考注入敘事者，使他具有關門的入門弟子的核心意涵。在關門前入門，意味著弟子親蒞見證的並非最輝煌的鼎盛時期，而是煙花散盡的殘餘，是為了寫下結論前來的最末之人。然而弟子的見習無非從灰燼中掘出已逝的繁華榮景，從廢墟中虛擬塔頂的天際線，敘事者從未看過伯父創作，卻想由中斷書寫十五年、對話不超過二十句的尋常臺南人身上召喚作家伯父。所見與所是的分歧就像臺灣父親到日本落地生根，日本兒子回臺灣寫小說，伯父查看讀不懂的日文書，姪兒研習著不可逆溯的歷史，四面八方的錯接，編織起這幅讓見習生反覆臨摹，卻實際上有別於原圖重現的系譜想像圖像。只能擁抱殘餘與幻象的關門弟子，就像楊凱麟所言：「幽靈般的文學存有模式似乎是悲觀的。」然而，弟子所關上的將不會是任何既存的原件，因此關上總已重啟創造。霍伯葛里耶（Robbe-Grillet）於是能向我們宣告，一個特別可悲的時代同時特別可期，繼承的系統已破舊，熵質已盡，便迎來了一個新發明的世代。

楊凱麟以「未來」吹響字母會的號角，以「零」揮動文學革命的旗幟。經歷二十六個字母之後，文學將再度碎片四射，迎向不可重複的文學景觀。

作者簡介

◉策　畫

楊凱麟

一九六八年生，嘉義人。巴黎第八大學哲學場域與轉型研究所博士，臺北藝術大學藝術跨域研究所教授。研究當代法國哲學、美學與文學。著有《虛構集：哲學工作筆記》、《書寫與影像：法國思想，在地實踐》、《分裂分析福柯》、《分裂分析德勒茲》、《發光的房間》與《祖父的六抽小櫃》等。

◉小說作者（依姓名筆畫）

胡淑雯

一九七〇年生，臺北人。著有長篇小說《太陽的血是黑的》；短篇小說《哀豔是童年》；歷史書寫《無法送達的遺書：記那些在恐怖年代失落的人》（主編、合著）。主編《讓過去成為此刻：臺灣白色恐怖小說選》（合編）。

陳　雪

一九七〇年生，臺中人。著有長篇小說《無父之城》、《摩天大樓》、《迷宮中的戀人》、《附魔者》、《無人知曉的我》、《陳春天》、《橋上的孩子》、《愛情酒店》、《惡魔的女兒》；短篇小說《她睡著時他最愛她》、《蝴蝶》、《鬼手》、《夢遊1994》、《惡女書》；散文《像我這樣的一個拉子》、《我們都是千瘡百孔的戀人》、《戀愛課：戀人的五十道習題》、《臺妹時光》、《人妻日記》（合著）、《天使熱愛的生活》、《只愛陌生人：峇里島》。

童偉格

一九七七年生，萬里人。著有長篇小說《西北雨》、《無傷時代》；短篇小說《王考》；散文《童話故事》；舞臺劇本《小事》。主編《讓過去成為此刻：臺灣白色恐怖小說選》（合編）。

黃崇凱

一九八一年生，雲林人。著有長篇小說《文藝春秋》、《黃色小說》、《壞掉的人》、《比冥王星更遠的地方》；短篇小說《靴子腿》。

駱以軍

一九六七年生，臺北人，祖籍安徽無為。著有長篇小說《明朝》、《匡超人》、《女兒》、《西夏旅館》、《我未來次子關於我的回憶》、《遠方》、《遣悲懷》、《月球姓氏》、《第三個舞者》；短篇小說《降生十二星座》、《我們》、《妻夢狗》、《我們自夜闇的酒館離開》、《紅字團》；詩集《棄的故事》；散文《胡人說書》、《肥瘦對寫》（合著）、《願我們的歡樂長留：小兒子2》、《小兒子》、《臉之書》、《經濟大蕭條時期的夢遊街》、《我愛羅》；童話《和小星說童話》等。

顏忠賢

一九六五年生，彰化人。著有長篇小說《三寶西洋鑑》、《寶島大旅社》、《殘念》、《老天使俱樂部》；詩集《世界盡頭》；散文《壞設計達人》、《穿著Vivienne Westwood馬甲的灰姑娘》、《明信片旅行主義》、《時髦讀書機器》、《巴黎與臺北的密談》、《軟城市》、《無深度旅遊指南》、《電影妄想症》；論文集《影像地誌學》、《不在場——顏忠賢空間學論文集》；藝術作品集：《軟建築》、《偷偷混亂：一個不前衛藝術家在紐約的一年》、《鬼畫符》、《雲，及其不明飛行物》、《刺身》、《阿賢》、《J-SHOT：我的耶路撒冷陰影》、《J-WALK：我的耶路撒冷症候群》、《遊——一種建築的說書術，或是五回城市的奧德塞》等。

◉評論

潘怡帆

一九七八年生，高雄人。巴黎第十大學哲學博士。專業領域為法國當代哲學及文學理論。著有《論書寫：莫里斯．布朗肖思想中那不可言明的問題》、〈重複或差異的「寫作」：論郭松棻的〈寫作〉與〈論寫作〉〉等；譯有《論幸福》、《從卡夫卡到卡夫卡》，二〇一七年以《論幸福》獲得臺灣法語譯者協會第一屆人文社會科學類翻譯獎。

字母會Z零

作者——楊凱麟、胡淑雯、陳雪、童偉格、黃崇凱、駱以軍、顏忠賢、潘怡帆
總編輯——莊瑞琳
責任編輯——吳芳碩
校對——盧意寧
裝幀設計——霧室
排版——張瑜卿
行銷企畫——甘彩蓉

出版——春山出版有限公司
地址——臺北市文山區羅斯福路六段二九七號十樓
電話——〇二-二九三一-八一七一
傳真——〇二-八六六三-八二三三

經銷——時報出版企業股份有限公司
地址——桃園市龜山區萬壽路二段三五一號
電話——〇二-二三〇六-六八四二

製版——瑞豐電腦製版印刷股份有限公司
初版——二〇二〇年二月
定價——二二〇〇元（套書不分售）

國家圖書館出版品預行編目資料

字母會Z零／楊凱麟等作
－初版－臺北市：春山出版，2020.02
面；公分
ISBN 978-986-98497-4-6（平裝）
863.57 108019417

春山出版

EMAIL SpringHillPublishing@gmail.com
FACEBOOK www.facebook.com/springhillpublishing/

填寫本書
線上回函

L'abécédaire de la littérature: Ultime